メンヘラが
愛妻エプロンに
着替えたら
JN104075
Vol. 2

琴坂 静音

九条 千登世
愛垣 結乃

君は、琴坂静音という大学生を知っているかい？
まずは名乗らせてもらおうか。
ぼくは琴坂愛彦、静音の父です
琴坂 愛彦
愛垣 晋助

メンヘラが愛妻エプロンに着替えたら2

花宮拓夜

角川スニーカー文庫

23642

口絵・本文イラスト／Nardack　口絵・本文デザイン／栗原高明(LUCK'A Inc.)

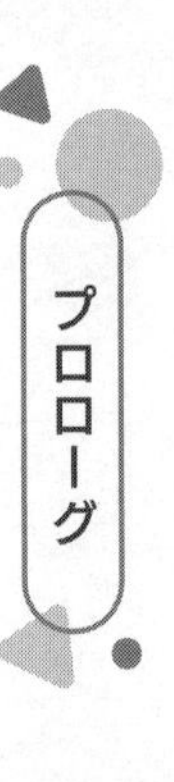

プロローグ

「静ちゃん、本当に一緒に行けないのー？」

東京二十三区外に佇む、六階建てのマンションの一室。

肩まで伸ばした黒髪に、青緑のインナーカラーが印象的な女子大生——僕の幼馴染であり姉のような存在でもある九条千登世は、床に寝転びながら頬を膨らませる。

「……こればっかりは仕方ない」

黒を基調とした地雷系ファッションに身を包み、その上にさながら愛妻を思わせる白いエプロンを掛けたメンヘラ女子——琴坂静音。

不満を溢す千登世の顔を窺う事もせず、静音は正座をして膝の上で洗濯物を畳みながら、彼女の問いかけに寂しげな口調で答えた。

現在、七月中旬——あと少し経てば夏休みに入るという頃。

世の大学生の多くが提出期限の差し迫ったレポート課題やテスト勉強を必死に進めている中、僕——愛垣晋助の部屋には三名の客人が訪れ、ローテーブルを囲んでいた。

「うあぁぁあ！　ダメだ、どう足掻いても必修で落単しそうだッ！」

「はぁ……。千登世、あまりワガママを言うなよ。静音が困ってるだろ？」

「俺の嘆きはフル無視ですか!?」

「講義中に爆睡してたツケが回ってきただけだろ、浩文(ひろふみ)の場合」

「反論の余地もねぇ！」

必修科目のレポート課題に追い込まれている柳生(やぎゅう)浩文を冷たくあしらって、家事に勤(いそ)しむ静音へと視線を向ける。

あの「契約」を結んだ日から、おおよそ二週間。

彼女は毎日休む事なくこの部屋にやって来て、家事の手伝いをしてくれていた。

通い妻契約――料理、洗濯、掃除、それ以外の雑用も含めた家事全般、さらには僕の将来の夢であるイラストレーターになるための練習までも、静音がサポートする。その代わり、僕からは彼女がこの部屋に自由に出入りできる権利を与えるというもの。

自暴自棄に陥ってパパ活をしていた頃の静音の姿はすでになく、今は小学校の先生をもう一度志し、卒業後には一人暮らしを始める事も目標に掲げて勉強に励んでいた。

家事を手伝いながら勉強を進めるのは大変だろうし、「毎日はやらなくていい」と彼女には言っているのだが、このルーティンだけは意地でもやめようとしない。

それはどこか、僕達が交わした契約の根底にある「共依存関係」を手放さないよう、自身に与えられた役割に縋(すが)っているようにも感じられた。

とはいえ、当の本人はこの毎日を何よりも大切に思っているらしく、ふとした瞬間、満ち足りたような表情を僕に見せてくれていた。

ただ、いくらこの日々が幸せであったとしても、毎日のように部屋に通い続けるというのは、現実的に考えればいつしか限界が来てしまう。

そして今――「通い妻契約」を結んだ日から続いていた静音の皆勤記録が、あと数日で途切れてしまうであろう事態に直面していた。

「私もできる事なら、晋助の地元に行ってみたい。けど……」

静音は洗濯物を畳む手を止め、力なく声を出す。

七月下旬、春学期が終わりを迎えた後――妹の誕生日を祝うべく、僕は埼玉の実家に二泊三日で帰省をする事となっているのだ。

「……もしかして、親に何か言われたのか？」

「親にはまだ言ってない」

僕の質問に、静音は首を横に振った。

「だったら一旦、言うだけ言ってみたら？『友達とお泊まりする』って伝えれば、意外と許可してくれるかもだし」

「……それはない。そう簡単に許可を貰(もら)えるなら、こんなに悩まないし」

楽観的な千登世の発言を否定し、静音は自身の太ももを爪でカリッと引(ひ)っ掻(か)く。

静音が親に相談しにくいというのは、考えてみれば当然の事だろう。

世間一般的に、娘が付き合ってもいない男の実家に泊まりに行くのは、親の立場に立ってみれば警戒するのも普通だし、快く許可を出す親の方が珍しい気がする。

千登世の場合は僕と幼馴染であり親同士の仲も良いからこそ、昔から平気で互いの家で寝泊まりできていたが、他の家庭ではそうもいかないはずだ。

それに——静音は親との関係が、お世辞にも良好とは言えない。

詳しい話までは聞いていないが、何かしら大きな問題を抱えているのだけは察しがついているし、だからこそ彼女は実家から逃げるように、この部屋に通っている。

「うーん、どうにかならないものかなー？　折角こう仲良くなれたわけだし、この機会にアタシと晋ちゃんの生まれ育った街を紹介したかったからさぁ」

「そもそもの話、仮に晋助の地元に行けるとなったとして、私までその会に参加して平気なの？　妹さんからしたら、私は完全に部外者だけど」

「そこんとこは大丈夫だよ。晋ちゃんとアタシがしっかり間を取り持つからさ。それに、プレゼントの一つでも持っていけば余裕で懐柔できるって！」

「うちの妹はそこまでチョロくねぇよ」

「そう？　すごく素直な子だし、静ちゃんから純粋な好意を向けられたら、すぐに打ち解けられると思うけどなぁー」

「プレゼントで懐柔しようなんて、純粋な好意とは程遠いだろ」

妹の誕生日会には、千登世も参加する事になっている。

これは妹が一歳の誕生日を迎えた時からの恒例行事で、去年の誕生日も僕達二人は彼女のために地元へと帰っていた。

僕と千登世の関係同様に、妹にとっての千登世は幼馴染というよりも歳の離れた姉のような存在に当たる。

しかしながら、静音の場合は幼馴染であるどころか妹と面識すらないのだ。そんな相手が誕生日会に参加するなんて、本来であればおかしいだろう。

それでも、僕は静音を東京で一人にしておくより、一緒に地元に連れていった方が幾分かマシだと考えていた。

僕が地元に帰っている間、彼女は行くあてを失ってしまう。たったの三日間ではあるものの、僕からすればその期間がどうしようもないくらい心配だった。

もし僕がいない間に静音が情緒を乱したら、すぐに対処する事が難しくなる。

僕と「通い妻契約」を結んでからはメンタルがかなり安定しているようで、このまま過ごしている分には余程の事でも起こらない限り、特に心配する必要もないはずだ。

とはいえ、今までの安定した生活が大きく揺らいだ時、静音の心には何らかの影響が及ぶ可能性もある。二泊三日で僕が実家に戻るのは、そのきっかけになりかねない。

静音自身も親の許可さえ得られれば僕達の地元に来てみたいようだし、何とか解決策を見つけたいところであるのだが……。

「おいおい、晋助。何を思い詰めた顔してんだ？」

「補講確定は引っ込んでろよ」

「扱い雑じゃない⁉」

僕の表情を覗(のぞ)き込んできた浩文の顔を押し返し、一つ大きな溜(た)め息(いき)をつく。

一応、浩文も妹の誕生日会に招待をしてはいたのだが、残念ながら彼は参加する事ができそうになかった。

講義中に行われた小テストの成績が振るわず、救済処置として誕生日会の当日と翌日に補講を受けるハメになったらしい。

「お前、どうせ静音ちゃん一人を置いて地元に帰るのが気がかりで、そんなこの世の終わりみたいなツラになってるんだろ？」

そこまで絶望的な顔をしていたのか、今の僕は……？

ただ、浩文の予想は見事なまでに的中している。さすがは大学生活を一番長く共に過ごしている友人だなと、僕は思わず感心してしまった。

「俺は誕生日会に参加できねーけどさ。そういう時こそ、友達を頼れって！」

「と、いうと？」

「俺がお前になってやる」

またこのバカは、突拍子もなく訳の分からない事を言い出した。

「それ、一体どういうつもりで言ってるんだ？」

「まんまの意味だって。晋助がこの家を空けてる期間限定で、俺がこのマンションで静音ちゃんと過ごすんだよ。無論、夫としてな！」

「却下に決まってるだろ、そんな提案！」

「えー、良いアイディアだと思うけどなー？　静音ちゃんも普段通り過ごせて、俺も女の子と二人きりで過ごせるわけだし」

「お前は単に、女子と二人きりになりたいだけだろ……」

「だから何だってんだよぉ！　お前は妹と九条先輩で両手に花なんだから、三日間くらい俺が静音ちゃんを借りてもいいだろ!?」

ここまであからさまだと、むしろ清々しいな。

「千登世はともかく、実の妹を花として捉えるのは無理があるだろ……。というか、静音を物みたいに言うな。貸し借りなんて受け付けてないし」

「そこを何とか！　俺だってちょっとくらい、通い妻体験をしてみてーんだよ！　プラン料金に上乗せするからさぁ！」

「そんなプラン、用意した覚えはねぇよ！」

本人が目の前にいるのだから、ちょっとは欲望を隠しておけ。

しかし、そんな浩文の発言を聞いて、意味ありげに頷(うなず)いている奴(やつ)が一人いた。

「……ふむふむ。『俺がお前になってやる』……ねぇ」

指先で顎をさすりながら、千登世は浩文の言葉を神妙な面持ちで繰り返す。

「何だよ、千登世。策でも思い付いたのか？」

「いやね？　アタシが晋ちゃんの代わりになったら、もしかすると全部上手(うま)く解決するかもな……って思ってさ」

「お前までバカな事を言い出すなよ……」

「いやいや、アタシはいつだって真面目な事しか言わないよ？」

千登世は静音を視界に映し、質問を投げかけた。

「静ちゃんは親御さんに、晋ちゃんの部屋に通ってる事は伏せてるんだよね？」

「……そう。今この時間も、大学かカフェで勉強してるって設定」

「つまり、静ちゃんは親御さんに行動の制限をされてはいるけど、門限はそこそこ自由にさせてもらえてる……というわけだ」

天井を見上げ、彼女はさらに思考を巡らせる。

「今までに静ちゃんは、『友達と遊ぶ』のを親御さんに止められた経験ってある？」

「……何回か」

「それって、男友達？」

「男子と女子、どっちもある。ただ……『友達』と言っていいかは、わからない」

「……？　どういう事だ？」

静音の付け加えた一言に疑問を抱き、僕は彼女に尋ねてみた。

「ツイッターで知り合って仲良くなったけど、すぐに連絡が途絶えた人だから。私がアカウントを何回か作り直したのもあって、今は何をしているのかも知らないし」

「ああ、なるほどな」

彼女は人付き合いが希薄で、大学内で友達と呼べるような相手は僕を含めたここにいる三人以外に一人もいない。

小中高と学校で友達ができた事もなかったと聞いていたが、ネット上ではそれに近しい相手がいた時期も一応あったようだ。

「だったらまだ、『学校の友達と遊ぶ』って伝えた事はないんだね」

千登世は希望を見出したように、「ふふっ」と笑みを溢した。

「話を聞く限り、静ちゃんの親御さんはガチガチに静ちゃんを拘束しているわけではないと思うんだよ。現に、夜遅くまで家以外の場所で勉強するのは認めてくれてるわけだしね」

言われてみれば、その通りかもしれない。静音の行動を制限しているのは間違いないのだろうが、彼女の自主性を尊重している部分も垣間見られる。

「静ちゃんは普段、親御さんから会話の中で友達について訊(き)かれたりしない？　例えばだけど、『大学で友達はできたかー？』……みたいな感じでさ」

「最近は顔を合わせる時間も前より減ったから、全く。……けど、入学してすぐの頃は、何度か訊かれた覚えがある」

「それって少なからず、静ちゃんに友達がいるのか気にかけてるって事だよ！」

千登世は床からむくりと身を起こし、静音にそそくさと詰め寄った。

「きっと親御さんは、静ちゃんに『付き合う友達』を選んでほしいんじゃないかな？　最近だとネットで友達を作るのは当たり前になりつつあるけど、それを快く思わない人達は今でもいるし。犯罪に巻き込まれるリスクも捨て切れないからね」

そう言いながら、彼女はローテーブルに置いていた自身のスマホに腕を伸ばすと、ノールックで器用にインカメラを起動させる。

「え……あっ、いきなり何……？」

「ほらほら、そんなに逃げないでって！　心配せずとも、静ちゃんを取ってペロペロしようとは考えてないからさっ」

千登世は舌を出して唇を舐(な)めながら静音に迫り、危機感を覚えた彼女はその場から離れようと慌てて腰を浮かす。

しかし、そんな抵抗も虚(むな)しく、千登世は驚異的な反射神経で静音の肩を摑(つか)み、グイッと

「静ちゃん、もっと笑って笑って！　そんな微妙な表情じゃ、折角の写真が使い物にならなくなっちゃうよ？」

使い物……？　千登世の奴、何を企んでいるんだ……？

千登世は自身の頬を静音の頬にぴったりと合わせ、シャッターを切る。静音は困ったような顔を浮かべつつも、ぎこちなくピースをして写真に映った。

「……なぁ、千登世。写真なんか突然撮って、どうするつもりだ？」

「これを使って、泊まりに行けるよう交渉するんだよ」

そのまま千登世は画像フォルダを一度確認すると、流れるようにラインを開いて静音に写真を送信する。

「年頃の娘が見ず知らずの男の家に泊まりに行くってなったら、まず間違いなく引き止められる。だけど、親御さんが静ちゃんに『友達を作ってほしい』と思っているんだとしたら、『アタシの実家に泊まる』って体にすれば、許可を出してくれるかもでしょ？」

「……なるほど」

さっきの「アタシが晋ちゃんの代わりになったら」とは、そういう意味か。

千登世の考え通りなら、泊まる予定の家を「晋助の実家」ではなく「千登世の実家」としてしまえば、確かに外泊の許可を貰える可能性は格段に上がるはずだ。

　これまで大学で友達を作ってこなかった静音が急に泊まりに行くとなれば不審に思われる恐れもあるが、千登世と二人で撮った写真があれば説得力も増す。

「でも……悪くないアイディアではあるけど、そんなに上手くいくか？」

「それは親御さんの考え方と、静ちゃんの説得次第だよ。まぁ、アタシと静ちゃんは本当に友達なわけだし、仲良しエピソード付きで言葉巧みに騙せば絶対いけるって！」

「言い方に気を付けろ。詐欺師じゃあるまいし」

　ていうか、静音と千登世の間に仲良しエピソードなんてあったか？

「くそぉ……これ、俺だけその期間を孤独に過ごすパターンじゃねぇかよぉ……」

「孤独ではないだろ。浩文は教授と二日も過ごせるんだから」

「そんなもん孤独と一緒だッ！」

「まぁ、気が向いたら写真でも送ってやるから、そう落ち込むなって」

「親切のつもりかもしれねーけど、晋助が女の子三人と一緒に画面に出てきたら、俺のスマホがその瞬間に使い物にならなくなるからな……？」

「親切じゃなくて煽りだから、勘違いするな」

「ヒビ割れ確定だわ！　絶対に送ってくんなよ!?」

　騒々しい浩文の声から逃げるように耳を塞いで、視線を逸らす。

「……静音？」

ふと視界の隅に映った静音は、俯きながらスマホの画面をジッと見つめていた。

「ううん、何でもない。……ただ、初めてだったから」

彼女は微かに頬を赤く染め、ほんの少し目を細める。

「……友達と写真を撮るのって、ちょっといいかも」

そっとスマホを胸に当て、静音はどこか照れ臭そうにはにかんだ。

メンヘラを実家に連れていったら

七月下旬の木曜日。

時刻は十六時を数分過ぎ、夏の暑さも昼間に比べれば多少は和らいでくる頃。

僕――愛垣晋助は妹の誕生日会に参加するため、埼玉へと帰ってきていた。

「春休み以来だから四ヶ月……いや、五ヶ月ぶりくらいか？」

二時間ほど電車に揺られて実家の最寄駅にて降車し、改札を通って外に出てみると、見慣れた景色が視界全体に広がる。

スーパーに飲食店、服屋に本屋、娯楽施設と、生活する上であってほしい店は駅前に粗方揃っているが、都内とは違って背の高い建物はほとんどない。

田舎すぎるわけではないものの都会とは程遠い、ちょっと歩けば田んぼ道が見えてくるような、平凡で落ち着いた雰囲気の街――それが僕の、

「おおっ、見て見て！　あっちの方、新しい居酒屋できてない!?」

いや……僕達の地元である。

キャップで覆われた黒髪と青緑のインナーカラー、オーバーサイズのTシャツにショー

トパンツを合わせた、ストリートファッションの女子大生。

商店街の入り口を指差しながら、九条千登世――この街で共に育った幼馴染は、強引に僕と腕を絡ませた。

「千登世、こんな場所で腕に引っ付くのはやめてくれ……。地元の駅前だと、知り合いがどこかにいてもおかしくないんだから」

「だったら尚更、このままの方がよくない？　シティボーイと化した晋ちゃんが女の子をはべらせてる姿、みんなに見せつけちゃおうよ」

「お前……田舎特有の噂が広まる早さ、忘れたわけじゃないだろうな……？」

コミュニティの狭い田舎では、ご近所同士での噂の伝達が異様に早い。

特に千登世の場合、地域の祭やスポーツ大会などにも積極的に参加していたがゆえ、地元の同世代の間ではかなりの有名人であり人気者だった。

中学時代には放課後に彼女の姿を一目見ようと他校の男子生徒が校門前で待ち構えていたほどで、大学同等かそれ以上に数多くのファンが付いていたのを覚えている。

卒業から数年経ってはいるものの、そんな彼女と腕を組んで歩いていたりなんかしたら、熱狂的なファンから実家の壁に誹謗中傷のラクガキをされてしまいかねない。

「……九条先輩、今すぐ晋助から離れて」

しかも今回は付き添いがいるのだから、変に目立ちたくはないものである。

「もぉー。そんな無理に引き剝がさなくたっていいじゃーん」

　グイッと服を引っ張られるがまま千登世は僕から身を離すと、彼女の方へと振り向いて「ぶぅー」と唇を尖らせた。

「んで……静音、どうだ？　初めて来てみての感想は」

「想像していたより駅前も栄えてるし、意外と人も多い。もっと真冬の海くらい人が少ないと思ってた」

「……だいぶ過疎化したイメージだったんだな」

　埼玉には海なんてないし、泳げもしない真冬にあえて出向いた事もないから、実際に人が少ないかどうかは知らないけれど。

　それはそうと、ひとまず彼女をここに連れてくる事ができてよかった。

　ハーフツインにセットされた灰色がかった白髪と、目元の赤いアイシャドウ。黒を基調とした地雷系ファッションに身を包んだ彼女を横目に、僕は胸を撫で下ろす。

　当初は難しいと思われていた、琴坂静音を連れての帰省。それが今回、千登世の策略もあって無事に彼女を連れ出す事ができたのだ。

　千登世が半ば強引に静音とツーショット写真を撮った日、静音は実家に帰るなり親に交渉を持ちかけ、その日中にどうにか泊まりの許可を得たらしい。

　最初は「千登世は本当に友達なのか」と疑いの目を向けられていたそうだが、「初めて学校でできた女友達」として紹介したのが、おそらく効いたのだろう。

何はともあれ、こうして一緒に来る事が叶ったわけなのだから結果オーライだ。

「にしても、やっぱいつメンが一番だね。みんな揃っての地元、最高だよ！」

「浩文もいつメンにカウントしてやれよ……」

にこやかに笑う千登世の言葉に、僕は申し訳程度で一言だけ付け加えた。

柳生浩文は予定通り、今は大学で補講を受けている。

静音と千登世は僕の部屋に一度集合してから駅に向かったのだが、マンションを出るギリギリまで浩文もこの輪に交ざり、補講からバックれようと試みていた。

ただ、このままでは冗談抜きで進級できるかが危ぶまれていたため、僕達は無理矢理に彼を大学へと置いて、逃げるように電車に乗車したのだ。

「それで晋ちゃん、これからどうする？　とりま居酒屋でも巡る？」

「行きたきゃ一人で行ってろ……」

「晋ちゃんは一人じゃオムツも穿けないようないたいけな女の子に、こんな時間から寂しく一人酒をさせるつもり？」

「いたいけな女の子が居酒屋に入ろうとするな！　……ていうか、お前の場合はオムツを穿く年齢じゃないだろ」

「いやいや、そうとは限らないよ？　アルコールが入るとすぐ尿意を催しちゃうから、そろそろ飲酒する前に穿く習慣を付けようか日々苦悩してるところだよ」

「漏らすの前提で酒を飲むな……」

「度数高いのを飲むと、どうしてもねぇー。一升瓶をラッパ飲みしてる時なんかだと、十五分間隔でトイレに駆け込んでるよ」

千登世がオムツを穿いて一升瓶を手に持っている姿が一瞬だけ脳裏を過ったが、僕はブンブンと頭を振って、あまりにキツすぎるそのイメージを掻き消した。

「だからって、オムツまで穿く必要はないだろ」

「いいの？　晋ちゃんの実家で盛大にブチかましても」

「もうトイレにこもって飲んどけよ！」

一人暮らしをしている部屋でゲロを吐かれ、実家では酒を飲みながら漏らされるなんて、想像しただけでもたまったものじゃない。

というか妹の誕生日会だというのに、こいつは酒盛りする気満々だな……。

僕と千登世は実家に着替えがあるため、本来であればリュックサック一つあれば二泊三日分の荷物くらいは収納できる。

しかし、彼女は両手に大きな紙袋を一つずつ携えていて、その片方には大量の酒が収められていた。どうやら僕の親父と酒を飲もうと、わざわざ用意してきたらしい。

「そういえば、そっちの紙袋には妹へのプレゼントが入ってるんだよな？」

千登世が手に持つ酒が入っていない方の紙袋へと、僕は視線を移す。

「そうそう。中身はまだ秘密だけどね」

「別に僕らには言ってもいいだろ」

「いや、なんか怒られそうだし……」

「……もしかして、それも酒だったりしないよな？」

「そうだ！　静ちゃんは誕プレ、何を買ってきたの⁉」

「あからさまに話を逸らすな！」

まさか、本当に酒を用意してきたわけじゃないだろうな……？

まぁ、千登世の用意した物が酒だった時はそれなりの対応をするとして、僕も静音が妹に何を買ってくれたのかは気になっていたところだ。

「……用意はしたけど、喜んでもらえる自信はない」

千登世の質問に対して、彼女はボソリとそう答える。

泊まりが確定した日の翌朝から、彼女は誕生日プレゼントを何にするべきかと僕に何度も尋ね、時間の限り考えてくれていた。

千登世の場合は面識がある相手だが、静音と妹は会った事すらない。そんな相手に何をプレゼントすればいいかなんて、普通は思い付かないだろう。

「結局、静音は何を用意したんだ？」

「……秘密」

「静音もかよ……」

「晋助には知られたくない。……恥ずかしいし」

静音は手に持っている紙袋を優しく抱くようにして、頬をほのかに赤らめた。

ますます気になるな、そうやって隠されると……。

「それで、肝心の晋ちゃんは一体何をプレゼントするの？」

「二人が言わないなら、僕も出すまでのお楽しみの方がよくないか？」

「んー、できれば一早く見ておきたいところだけど……それもそうだね。晋ちゃんがボロンするの、楽しみにしとくよ」

「お前は僕がナニを出すと思ってるんだ⁉」

「え、息子をプレゼントするんじゃないの？」

「あいつに蹴り殺されるわ！」

妹へのプレゼントが下ネタとか、兄として最悪すぎるだろ。

☆

プレゼントが何かという話題に一区切りがつくと、僕達三人は愛垣家を目指して商店街を抜け、そこからさらに足を進めていく。

最寄駅から実家までは、徒歩だとおおよそ二十分ほど。

予定では母が駅まで車で迎えに来てくれるはずだったのだが、なんでも料理の仕込みに手間取っているらしく、手が離せない状況になってしまったらしい。

炎天下の中を歩くのはしんどくはあったが、自分一人ではなく友達と話しながら向かっていた事もあり、感覚的には多少マシに思えた。

「着いたぞ、ここが実家だ。……って、大丈夫か？」

実家の門前に辿り着くと、僕は静音に声をかける。しかし、太陽光を浴びて疲弊気味になっていた彼女は膝に手をついて、「ふぅ、ふぅ……」と息を上げていた。

「……大丈夫。ちょっと暑くて、バテただけ」

「まぁ、服装的にも僕や千登世より暑いだろうな……」

夏真っ只中ではあるものの、静音は黒がメインカラーの地雷系ファッションを身に纏っている。しかも、春と変わらず長袖のトップスを着用していた。

黒の服は光を吸収しやすい上、長袖では熱も上手く逃がす事ができない。今日のような真夏日と彼女の私服は、相性最悪だろう。

ただ、静音は地雷系ファッションに強い思いがあるのだろうし、自分で選んで暑い中でもこの服を着ているのだから、僕にとやかく言う権利はない。

「とりあえず、早く中に入ろう。こんな所にいたら干からびそうだ」

そう告げると静音は首を縦に振り、呼吸を整えながら実家を視界に映す。すると、彼女は目を見開いて上下に何度か視線を動かし、少しばかりの高揚を見せた。

「……大きい。それに、先進的な旅館みたい」

「随分と大袈裟(おおげさ)だな……」

だが、静音の感想はあながち間違ってはいないかもしれない。

この二階建ての一軒家は、建築士を生業としている僕の父が自ら設計を手がけ、細部までこだわりを持って造られたデザイナーズハウスだ。

日本らしい外観に洋風っぽさを取り入れた所謂(いわゆる)「和モダン」なデザインからは、現代風なオシャレさと共に妙に落ち着いた雰囲気が醸し出されている。

静音の感想が大袈裟なのに変わりはないが、家構えが立派である事は間違いない。

「じゃあ、そろそろ行くぞ。えっと、鍵は……」

僕は先に一人で門を通り、玄関の扉へと足を進める。そして背負っていたリュックを手前に回し、ガサガサと中身を漁(あさ)った――その時だ。

「痛……ッ⁉」

予期せず開いた扉に巻き込まれ、僕の額はゴツンと鈍い音を立てる。

「……あっ！　お兄ちゃん、ごめんっ――じゃなかった！　兄貴、どうしてそんな所でぼけーっと突っ立ってるの⁉」

「謝罪をわざわざ撤回するな！」

「謝罪なんか最初からしてない！　自分の事を人に謝ってもらえるような存在だと思い込んでるなんて、自惚れも甚だしいっ！」

「妹が実の兄を人並み以下に捉えてるの、本当にどうかと思うぞ⁉」

開いた扉の先に佇む人物を視界に入れ、僕はヒリヒリと痛む額をさすりながら、吠えるように声を上げた。

ナチュラルボブの艶やかな黒髪に、着ているというより「着られている」と言った方がよさげな、拭い切れない幼さの残る制服姿。

愛垣結乃――思春期真っ盛りな高校一年生の妹と、数ヶ月ぶりの再会である。

「本日の主役が早々にお出迎えなんて、嬉しい歓迎っぷりだねぇ」

千登世は腕を組んで僕と彼女のやりとりを懐かしむように頷きながら、玄関前に立つ僕達のもとへと数歩歩み寄った。

しかし、そんな彼女から身を隠すように結乃はそそくさと僕の背後に回って、服の袖をキュッと軽く摘んでくる。

「ち、ちーちゃん……っ！　い……いらっしゃい……」

「やぁやぁ、結乃ちゃん。見ない間におっきくなったねぇ？」

「何年かぶりに会う親戚のおばさんみたいだな」

「特に……こう、ぽよんっ！　としてて、実に良い実りっぷりだよ」

「たまに会う親戚のエロオヤジみたいな発言はやめろ！」

親戚にここまでのセクハラ野郎はいないけども。

「それはそうと……結乃。お前、今日でもう十六歳だろ。その人見知り、まだ直りそうにないのか？　初対面の相手ならまだしも、相手は千登世だぞ」

「うっさい、バカ兄貴！　久しぶりに会った人とは普通喋(しゃべ)れなくなるものなの！　喋れる人が異常なだけなんだから、そんな非常識な人達と一緒にしないでっ」

その兄にだけ高圧的な内弁慶も、できればどうにかしてほしいものだ。

小学生の頃の結乃は「お兄ちゃん、お兄ちゃん」と僕の後ろをちょこちょことついてくる可愛(かわい)らしい妹だったのだが、中学校に進学してまもなく反抗期に入ってしまい、高校生になった今も尚(なお)、ずっとこんな状態が続いている。

とはいえ、僕に対しての口こそ悪いものの性格は真面目で、高校では手芸部の一員として作品作りに日々明け暮れているらしい。

「……それで、兄貴……？」

さっきまで威勢良くしていた結乃が、背中に隠れたまま声を潜めて僕を呼ぶ。

「あの……あそこにいる女の子が、例の人……？」

「ああ。静音、紹介するからこっちに来てくれ」

「……わかった」

そう声をかけると、静音は珍しく緊張しているのかどこか不安げな様子で、結乃の表情を窺いつつ僕達に近付いた。

「えっと……この僕の後ろに隠れてるのが、妹の結乃。んで、こっちのお姉さんが大学でできた友達の琴坂静音。前もって名前は伝えてあるし、二人とも覚えてるよな？」

「……」

「……」

数秒間、静音と結乃は目を合わせたまま、沈黙してしまった。

結乃は僕の服の袖を一度摘み直して、より強く自身の体に引き寄せる。

どこか重たい空気感が漂い、僕も数秒フリーズしてしまったが、静音をここまで連れてきた張本人としてしっかり話題を作らなければと、喉まで言葉を持ってくる――が、

「あの……っ！」

その空気感を引き裂くように、不意に結乃が声を張った。

極度の人見知りである結乃が、自ら話題を持ちかけようとしている――瞬間的に妹の成長を感じ取り、目頭が熱くなった。

摘まれた服の袖に徐々に力が加わっていき、ただならない緊張がヒシヒシと伝わってくる。そして、覚悟を決めた結乃はふっと息を吸い込み――

「静音さんは、兄貴と経験済みなんですか……っ⁉」

「はっ……ハアアッ⁉」

彼女が放ったとんでもない静音への質問に、僕は声を荒げた。

「おま……結乃！　初対面の相手に、いきなりなんて事を訊いてるんだよ⁉」

「だって……っ！　お兄ちゃ……兄貴は地雷系の子は好きじゃないって、前から言ってたのに！　それなのに、ちーちゃん以外の子を連れてくるって……っ」

一瞬だけ感情的になるものの、次第にその声は消え入るように小さくなっていく。

ただ、彼女がこうして動揺してしまうわけも、僕は理解できていた。

結乃に直接話した事はないが、彼女は僕が「地雷系ファッション」と「リストカットによる傷痕」といった二つの特徴を持つ女子に、苦手意識を抱いていた事を知っている。しかもそれだけでなく、僕が女子との関わり自体を避けていた事も知っていたようだ。

家族以外の異性とは千登世としか関わってこなかった僕が、唐突に女子を――それも地雷系ファッションに身を包んでいる静音を、家に連れてきた。

混乱してしまうのも無理はないし、すぐに納得はできないだろう。

そんな結乃の様子を目にした静音は、すっと彼女に歩み寄る。

「……晋助と、そういう経験をした事はない」

静音は結乃からの質問に、冷静に答えた。

「でも、あたしには信じられないです……。きっと、何か兄貴の弱みを握って近付いてるだけなんじゃ……って。そうでもない限り、まさか……っ」

「おい、結乃。お客さんに対して、お前あまりにそれは――」

「お兄ちゃんは黙っててっ！」

「――ウグッ！」

結乃は僕からの注意を遮ると同時に、自身の膝を僕の太ももに容赦なく直撃させた。筋肉を抉られるような痛みに襲われ、僕はその場で膝から崩れ落ちてしまう。

「……晋助の弱みは、何も握ってない。むしろ、晋助に弱みなんてあるの？」

「え……っと、そう言われると、すぐには思い付かない……ですけど……」

「うん、私も思い付かない」

静音は屈んで僕の太ももを撫でながら、そのまま言葉を続ける。

「……晋助はすごく優しくて、私を……友達を、家族みたいに大切に想ってくれる人だから。晋助に、後ろめたい事があるとは思えない」

彼女の話がやけに照れ臭く感じて、僕は表情を隠すようにそっぽを向いた。

随分と信用してもらえているんだな……と、思わず笑みが溢れる。

「……兄貴の事、よく見てくれているんですね」

静音の話を聞いて、警戒心が少し薄れたのだろう。結乃は冷静さを取り戻し、落ち着いた声でそう言葉を発した。

静音も結乃も性格に癖があるし、最初はどうなる事かと思ったが……このままいけば二人の距離も縮まり、順調に友好関係を築けそうである。

「それに、一度断られてる」

「……へ？」

そう思った矢先――静音が付け加えた一言に、僕は間抜けな声を漏らした。

「断られてる……？」

静音の意味深な発言を結乃が復唱し、訝(いぶか)しげな表情を浮かべる。

「私が服を脱いで上半身だけ下着姿のまま迫っても、頑(かたく)なに拒否された」

「え、え……？」

足元で太ももを抱えている僕に視線を落とし、結乃は目を丸くした。

「それと、晋助には裸を見られた事だってある。けど、襲われもしなかった」

結乃は目の下をピクピクと動かして、軽蔑を孕(はら)んだ瞳で僕を凝視する。

「だから、安心していい。……晋助はたとえ『そういう状況』になっても、付き合っていない私と経験するなんて、今後も絶対に――」

そう静音が言いかけた時、結乃の爪先が僕の横腹を凄まじい勢いでへこませた。

家族にはバレたくなかった後ろめたい事……僕にもありました。

☆

「一線を越えたわけじゃないんだし、蹴り付ける必要はなかっただろ……」

「『そういう状況』を作ってる時点で、大問題なのっ！」

横腹の痛みが残る中、僕は結乃と隣り合って廊下を進み、持ってきた荷物を置くために静音と千登世を客室へと案内した。

襖を開けた先は、一面が畳の純和室。中は四人分の布団を敷いても余裕があるほどに広々とした空間で、テレビやローテーブルも設置されている。静音が実家の外観を見て漏らした感想のように、さながら旅館のような雰囲気が作り出されていた。

「いやぁ……久々に入ったけど、相変わらずここは落ち着くねぇ」

千登世は荷物を客室の隅に放ると、畳の上で横になる。そして全く落ち着かない様子で、いぐさの香りを体に擦り付けるようにゴロゴロと転がった。

「それじゃあ、二人には今夜この部屋で過ごしてもらうからな。布団はあそこの押し入れに入ってるから、自由に引っ張り出してくれ」

地元での滞在期間は二泊三日を予定しているのだが、静音と千登世がこの部屋で就寝するのは今日だけだ。

僕達の帰省に静音がついてくる事が決まった翌日、彼女は僕に「愛垣家に二日間もお世話になるのは申し訳ない」と話していた。そういった事情もあり、静音の気持ちを汲んだ結果、一日目は僕の実家、二日目は千登世の実家に泊まる事となったのだ。

それに、これは案外良い選択だったように今になっては思う。

静音は親に「千登世の実家に泊まる」と伝えているわけだし、千登世の部屋で思い出の写真でも撮れば、泊まりの相手が本当に女子だったという証明にもなるだろう。

「ねぇねぇ。ところで晋ちゃんは、今夜この部屋で一緒に過ごさないの？」

「僕は自分の部屋で寝るよ。マンションならまだしも、実家でお前らと一緒の部屋で寝ようとなんてしたら、どっかの誰かにキレられそうだしな」

チラリと結乃を視界の隅に映すと、彼女は「当たり前でしょ」と言わんばかりの威圧的な笑顔を、まじまじと僕に向けていた。

「ぶぅー、ノリが悪いなぁ。折角ここまで来たんだし、一緒のお布団で寝ようよ。何なら、お姉ちゃんが布団になって温めてあげるからさ？」

「そういう事をされる可能性があるから、自室で寝るんだよ……」

「気にしなくても平気だってぇー。こんな広い部屋なんだよ？　アタシと静ちゃんの二人だけじゃ、余りあるスペースが勿体ないよ。ねぇ、静ちゃん？」

「……うん。私も晋助と一緒がいい」

「ほら、静ちゃんもこう言ってるわけだし！　というか、結乃ちゃんも一緒に寝ちゃわない？　アタシ達と晋ちゃんが三人でいるのが心配なら、監視役としてさ」

「え……でも、それはちょっと……。あたし、夜は部屋でやる事があるから……」

千登世の提案に結乃はもじもじと指を絡ませ、誘いをぎこちなく断った。

……なんだか、様子がおかしい。

久々に千登世と会うと毎度のごとく距離感が生まれてしまう結乃であるが、彼女に対しては全面的に心を開いている。

普段の結乃であれば、このような誘いには秒も考えずに承諾をしていたところだ。

どことなく不可解に感じ、結乃を見つめながら首を傾げる。そこで僕は、今更ながら結乃の服装に一つの大きな違和感を覚えた。

「……なぁ、そういえばなんだけど」

「ん？　晋ちゃん、どうかした？」

「確か僕らの母校って、この時期だともう夏休みに入ってるよな？　なのに、結乃はどうして制服を着てるんだ？」

結乃の通っている高校は、僕と千登世の母校でもある。

他の高校の事までは知らないが、記憶が正しければ今はもう夏休みに入っているはずだし、結乃の所属している手芸部は夏休みの登校もほとんどなかったはずだ。

「え……っと……それは、その……」

質問を投げかけた途端、結乃の顔色が段々と青ざめていく。ただそれを悟られないようにと、彼女は必死に笑顔を繕いつつパチパチと目の開閉を繰り返していた。

この酷い動揺っぷり……こいつ、もしかして……。

「お前、まさかとは思うけど……」

「もう……それ以上は言うなぁ！　どうせそのまさかだよっ！」

結乃は今にも溢れ出てしまいそうなほどの涙を瞳に溜め、バンバンッと畳を何度も踏み付けながら、僕の声を途中で掻き消した。

「やっぱりか……」

どうやら結乃が制服を着ている理由は、僕の想像した通りだったらしい。彼女の反応を目にした千登世も、「あー……」と声を漏らす。

この場で唯一状況の理解ができていなかった静音は、きょとんとした顔で僕に視線を送り、無言で状況の説明を求めてきた。

「まぁ……要するに、補講だな」

「ねぇ、何で言っちゃうの!?　アホな子だって思われるじゃん！」

「思われるも何も、千登世はもう気付いてるよ。さすがに静音は何の事か分からなかったみたいだけど、このままじゃ一人だけ話を理解できないまま置いてけぼりになるし」

「理解してもらわなくていいの！」

夏休み前の期末考査……そこで赤点を取った生徒は、長期休暇に入る前に補講を受ける事となるのだが、その補講では最終日に確認テストが実施される。そこでさえも所定の点数に届かなかった場合、夏休みにも追加の補講に参加を強制されてしまうのだ。

確認テストの内容は通常のテストよりも難易度が低く、真面目に補講を受けてさえいれば難なく合格できるはずなのだが、結乃はそれすら落としてしまったらしい。

夏休みの補講を受ける生徒は、授業の課題以外に補講課題の提出も求められる。

千登世の誘いを断ったのは、他の生徒よりも多く与えられた課題を、夜に部屋で進めなくてはならないからだろう。

「……」

悔しそうに俯く結乃を、静音はジッと見つめていた。そうしてしばらくすると、タイミングを見計らったように「ねぇ」と声をかける。

「結乃は……勉強、できないの？」

「え……？　は、はい……」

ド直球すぎる質問に結乃は困惑するも、否定はせずに素直に答えた。

「勉強は嫌い？」

「い、いえ……嫌いではないです……好きでもないですけど」

「けど、できるようにはなりたい？」

「……はい」

　質問の回答を聞くと、静音は結乃にそっと近付いた。結乃は体をピクリと反応させ、僕の腕を引っ張って背後に回り、静音との間隔を保つ。

　だが、そんな結乃の行動には構いもせず、静音は彼女と目を合わせ、

「だったら……私と一緒に勉強しよう」

　ほんの少し口角を上げ、優しい口調でそう提案した。

「私は大学で、先生になるための勉強をしてる。もしかしたら、結乃の力にもなれるかもしれない」

　結乃と話す静音の姿に、僕はつい戸惑ってしまう。

　僕や千登世の前では感情を表に出す事も増えてきたが、それ以外の誰かに彼女が笑顔を向けている事は、これまでを思い返しても滅多にない。

　無意識か、意図的にか——それがどちらなのか判別する事はできなかったものの、静音は語りかけるように、結乃に柔らかい笑みを見せていた。

　その時、静音が以前に話していた言葉がふと脳裏を過る。

　小学校の先生は、勉強を教えるだけが仕事じゃない。子供一人一人が抱えている問題に、

向き合っていく必要がある。

　結乃は小学生ではないし、特に大きな問題を抱えているわけでもない。しかし、他者と比較して人見知りが激しく、コミュニケーションがなかなか取れない性格だ。

　ただ僕の瞳には、静音がそんな結乃の性格と正面から向き合って、どうにか打ち解けようとしているように映った。

　結乃に必要としてもらえるよう――自らの意思で、彼女のために行動していた。

「それ、すっごく良いアイディアだね。そうすれば晋ちゃんもこの部屋で問題なく寝られるし、結乃ちゃんも一緒に過ごせるしで、全部丸く収まるしさっ」

　千登世は静音に賛同し、結乃に「ねっ、そうしようよ！」と承諾を求める。

「僕も良い案だと思うけど……静音が目指してるのは、小学校の先生だよな？　高校一年生の範囲ってなると、教える内容がだいぶ違くないか？」

「大丈夫。高校は全授業休まず聞いていたし、大学受験の時にたくさん勉強したから、そこそこは教えられると思う。……それに、わからなければ一緒に覚えればいい」

「……そっか」

　静音の前向きな発言に安心して、僕は一つ頷（うなず）いた。

　結乃は僕の上半身を盾にしたままひょっこりと顔を出し、何か言いたげに口元をモゴモゴと動かしながら、依然頬（ほお）を赤らめている。

「一人で勉強した方が捗るなら、断ってくれて構わない。強要はしないし、その人に合った学習方法があるはずだから」

静音は結乃に逃げ道も作った上で、再び目を合わせた。

「……あたし、すごく覚えが悪いので……きっと後悔しますよ……？」

「平気。後悔なんてしない」

「……っ。そ、それだったら……」

僕の背後に隠れるのをやめ、結乃は初めて静音とまっすぐ向かい合った。

結乃は一度俯いて静音から視線を外し、気持ちを落ち着けるように両手の指先を絡ませる。そして恐る恐る顔を上げ、

「し、静音さん……あたしに勉強、教えてくれませんか……っ！」

まるでプロポーズでもするかのように、静音に手を差し伸ばした。緊張し切った結乃の様子に静音は笑みを溢し、彼女の手を両手でぎゅっと優しく包み込む。

「……任せて」

二人の心の距離が、その瞬間——ほんの少し縮まったように思えた。

この調子なら、僕の抱いていた心配は杞憂に終わりそうだ。

☆

「静音と千登世はお客さんだし、結乃は今日の主役なんだから、準備が整うまで客室で待っててもよかったんだぞ？」

「いいのいいの。料理から残飯処理までママちゃんと晋ちゃんに全部任せっきりにするのは、やっぱり気が引けるしね」

「残飯を出す前提でいるな。残さず食え」

補講課題を一緒に進めるという約束を静音と結乃が交わした後、僕達四人は誕生日会の準備をするためにリビングへと向かっていた。

本来であれば僕と母さんの二人で料理と飾り付けをする予定だったのだが、女子三人の希望もあって全員で準備をする流れとなっている。

客人と祝われる側に諸々(もろもろ)を手伝わせるのはおかしいような気もするけれど、本人達がそうしたいと言うのだから止めるべきでもないだろう。

「んんぅー、すっごく良い匂い！」

リビングの扉を開けると、ホールケーキのほのかに甘い香りが廊下にまで溢(あふ)れ出(だ)す。千登世はそれをクンクンと吸い込んで、瞳を輝かせながらニパッと笑った。

「あら、みんな手伝いに来てくれたの？」

千登世の声に肩をピクッと震わせて、キッチンに立ってケーキ作りをしていた母さんが、扉の方へと振り返る。

「……あっ」

静音は母さんと目が合うと、慌ただしく頭を下げた。対して母さんはほわほわとした笑顔を浮かべ、手を振りながら彼女を歓迎する。

客室に案内する前に一度顔を合わせてはいるのだが、いくら静音であっても誰かの親が相手となれば、やはり緊張はするのだろう。

いつもと違った新鮮な彼女の反応に、思わずクスッと笑みが溢れた。

「ママちゃん、何か手伝える事あるー？」

二人が改めて挨拶をし終えると、千登世はパタパタとキッチンに近付いて、母さんに仕事を求める。

「んー、そうねぇ……。ケーキはもうすぐ完成するし、あとはグラタンとサラダの用意なんだけど……千登世ちゃんには部屋の飾り付けを任せてもいい？」

「えぇぇー。アタシ、今日は久々に料理の手伝いがしたかったんだけどなぁ」

「でも、怪我(けが)したら大変だし……」

「いやいや、ママちゃん。アタシを見くびっちゃいけないよ？　こう見えて去年の晋ちゃんの誕生日から、少年漫画の主人公顔負けの急成長をしてるからね！」

「あら、そうだったの？」

「母さん、騙(だま)されるな。そいつは料理の練習なんて毛ほどもしてないから」

「そんな事ないのにぃー。本格ラーメンだって今じゃお手の物だよ？」

「お湯を注ぐだけのやつだろ」

「かやくも入れるし、日によってはトッピングも加えるよ？」

「やっぱりカップ麺じゃねぇか」

それを本格ラーメンと一緒にするな。

遡ること、去年の僕の誕生日——千登世は母さんと肩を並べてこのキッチンに立ち、僕のために料理を作ってくれていた。

だが、あの日の彼女は卵を割れば辺り一面に跳ね散らかし、鍋を使えば直に火に触れかけ、包丁を握れば指を切り落としかけと、気を抜ける時間がまるでなかったのだ。

その光景が昨日の事のように鮮明に思い出せてしまう僕と母さんは、できる事なら千登世をキッチンには立たせたくないのである。

「僕からもお願いだ。ひとまず、千登世は部屋の飾り付けに専念してくれ」

「もぉー。お姉ちゃんが料理するのを、頑なに阻止しようとしてぇ。……もしや、料理を作るアタシを見て惚れちゃわないように、最初から見れないようにしてるとか？」

「なら、今日だけはそういう事にしといていいよ……」

「素直じゃないなぁ。けど、料理は本当に練習してる最中だからね？　もう卵だって割れるようになったし、花嫁修業の成果を後々その身にぶっかけてあげるよ！」

かけるのは白米の上だけにしてくれ、頼むから。

僕は千登世をなだめてキッチンからリビング中央のテーブルにまで連れていき、そこに置いてあった装飾用バルーンを手に取った。

「あの……ママさん」

僕と千登世がキッチンから離れると、静音は母さんの方へと一人歩み寄る。

「ん？　静音さん、どうかしたの？」

何かを伝えようとしている彼女に、母さんは耳を傾けた。すると、静音はごくりと唾を飲み、手に持っている「それ」を両腕で大切に抱え――

「……料理、手伝ってもいい……ですか」

少し震えた声で、そう願い出た。

「ええ、勿論よ」

そんな彼女に、母さんは柔らかく微笑みかける。

「静音さん、料理が得意なの？」

「……それなりに。中学生の頃から、ごはんは私が作ってたから」

「ああ……そうだったの。……頑張っていたのね」

「……っ。……うん」

静音は一瞬だけ目を見開き、母さんの言葉を噛みしめるように頷いた。

無事に許可を貰えた静音は、腕に抱えていた「それ」を——白い愛妻エプロンを大きく広げ、腕を通して腰紐を丁寧に結び始める。

「あら、可愛いエプロンね。まるでメイドさんみたい」

「晋助がプレゼントしてくれた。……お気に入り」

「へえー……？　あの晋助がねー？」

微かに頬を赤らめる静音に何を感じたのか、母さんは僕に視線を移すと「こういう趣味なんだ？」とでも言いたげに、口元を押さえてニヤニヤと笑った。

「……こっちを見てくるな」

これはどうやら、あらぬ誤解をされてしまったようだ。

……にしても、メイドさんか。

静音と「通い妻契約」を結んで、その契約の形としてあのエプロンを渡して以来、彼女は僕の部屋にいる時の大半はそれを身に着け、家事に勤しんでくれている。

今までは「通い妻」として静音を見ていたものの、見方によっては専属のメイドさんを雇っているようにも映ってしまうのかもしれない。

専属のメイドさん……うん、悪くない。

「晋ちゃん、ニヤけすぎだって」

「気のせいだ。お前もこっち見るな」

千登世の一声で正気を取り戻し、僕は頭に浮かんだイメージを取り払った。

「じゃあ、静音のやる事も決まった事だし、そろそろ僕達も飾り付けを始めるか。今日は親父も早く帰ってくるだろうから、早めに準備を済ませたいしな」

「そうだねぇ。激カワな飾り付けして、結乃ちゃんにサプライズしちゃおう！」

「本人が目の前にいるんだから、サプライズは無理だろ。……ていうか、結乃はこれからどうするんだ？」

装飾用バルーンに向けていた視線をふと上げて、キョロキョロと周辺を見回す。

すると僕の視界には、自分が何をするべきか分からず、おどおどとしたまま動けずにいる結乃の姿が映った。

「あっ……えっと……」

「今日はお前の誕生日なんだから、無理して準備を手伝う必要もないんだぞ？　会が始まるまで、部屋でゆっくりしておけよ」

「そ、そういう問題じゃないの！　あたしのためにみんなが動いてくれてるのに、一人で待ってるなんてできるわけないじゃんっ！」

このセリフ、毎年のように聞いてる気がするな……。

まぁ、その気持ちは分からなくもない。自分のために人が動いてくれていたら、申し訳なさから何かしら手伝いたくもなるものだろう。

しかしながら、結乃が直接手伝えるような事は大して残っていない。

飾り付けは僕と千登世の二人でやれば、食事の時間までには余裕で間に合う。何だったら、一人でも問題ないくらいだ。

料理に関しても母さんと静音の二人で事足りるだろうし、何より結乃は料理をした経験がほとんどない。

何か結乃にできる事はないかと、僕は辺りに視線を向けた。その最中、キッチンを抜けて結乃のもとへと歩いていく静音の姿が目に入る。

「結乃は普段、料理をする？」

「……し、しないです。お恥ずかしながら……」

「別に料理をしないからって、恥ずかしい事はない。けど、興味はあるの？」

「ちょ、ちょっとだけ……。でも、あたし不器用だから……」

「そう。興味があるなら、安心した」

静音は「ちょっと待ってて」と言葉を残し、足早にリビングから出ていった。そして数分と待たず、彼女は再び戻ってくる。

そんな静音の胸には、可愛らしくラッピングされたプレゼントが抱えられていた。

「これ……本当は誕生日会が始まってから、渡そうと思っていたんだけど」

「今日が初対面なのに、あたしのためにに用意してくれたんですか……？」

「それは当然。だって、結乃のために今日は来たんだから」

差し出されたプレゼントを結乃は緊張しながらも受け取り、手に持ったそれに視線を落として、ジーッと見つめる。

「……ありがとうございます。あの……開けてみても、いいですか……？」

「うん。開けて」

一応の了承を得てから、結乃はラッピングを丁寧に剝がし出す。

「誰かに誕生日プレゼントを選ぶなんて今までした事がなかったから、何にするか迷ったけれど……折角だから、私が貰って嬉しかった物にしてみた」

静音は「でも、気に入ってもらえるかはわからない」と言葉を続け、どことなく心配そうに口をすぼめた。

結乃に贈られたのは、一枚のエプロン——黒と白のチェック柄で、エプロン正面には大きめのポケット、下部分にはひらひらとした黒のフリル加工が施されている。

「可愛い……このエプロン、すっごく可愛いですっ！」

「……よかった。結乃の写真は晋助に見せてもらっていたから、お店を回って似合いそうな物を探したの」

「わざわざ、お店を回ってまで……。あたし、これとても気に入りました！」

広げたエプロンを目線の高さに掲げ、結乃は上機嫌にぴょんぴょんと跳ねた。そんな彼女の様子を見て、静音は緊張から解放されたように肩の力を抜く。

「……ねぇねぇ、晋ちゃん」

二人のやりとりを黙って見守っていた千登世が、不意に僕の背中を指で軽くつつき、唇を耳元に近付けた。

「静ちゃん、変わったね」

「千登世もそう思うか」

「そりゃあね。良い意味で積極的になってるのが、目に見えて分かるよ」

僕から少し距離を取ると、千登世は再び静音に視線を戻し、まるで子供の成長を喜ぶ親のような優しい目で微笑んだ。

「パパ活をしたり、『通い妻契約』を持ちかけたり、晋ちゃんに『部屋には上げない』って言われていたにもかかわらず、雨の中コンビニに傘を届けに来たり……行動の良し悪しはともかく、静ちゃんはこれまでも行動派ではあったけど、今は明らかに違うよね」

「人を気にするようになった……って事だろ？」

「そう、それそれ。これまでの静ちゃんは自分のためか、晋ちゃんのために動いてるかのどっちかだったのに、今は他人を気にして……その人のために動いてる」

千登世は腰に手を当てると僕の顔を覗き込んで、「もしかして、誰かさんの影響を受けちゃったのかな？」と、からかうような声で言ってきた。

「だとしたら、間接的に千登世の影響を受けたって事になるな」

「え、どうして？」

不思議そうに首を傾げながら、千登世は僕に訊き返す。

「僕が人のために動くのは、どっかの誰かさんから影響を受けたからだよ」

「……へぇ、そんな風に思ってくれてたんだ。晋ちゃんが生まれた時からずっと一緒にいるのに、気が付かなかったよ」

千登世は気恥ずかしそうに、人差し指でぽりぽりとこめかみを掻いた。

「……でも、それは勘違いかな。アタシは人のためじゃなくて、自分のために動いてるだけだからさ。こう見えて案外、晋ちゃんと違って利己的だったりするんだよ」

「僕にはそう見えないけどな」

「アタシはいつも、心のどこかでお返しを期待しちゃってるからね」

「それを言うと、僕だって『誰かに必要とされたい』って思いがあるし、強いて言うなら『必要としてもらう事』そのものをお返しとして期待してるって事にならないか？」

「あー、確かにそれも見方次第ではお返しに含まれるかも。……ただ、やっぱりアタシと晋ちゃんは違うよ。アタシの場合……卑しくお返しを求めちゃってるんだよね」

何を思い返してか千登世は俯いて、悲しげな声でそう溢す。

「『こうしたら、きっとアタシが辛い時にこの人は助けてくれる』って、どこかでいつも期待してる。晋ちゃんみたく誰にでも手を差し伸べられる人は、すごく稀なんだよ」

そうして彼女はまた顔を上げ、三人が肩を並べてキッチンに立っている目の前の光景を、ぼんやりと視界に映した。

「けど……今の静ちゃんは、その『稀な人』になろうとしているように思えるな」


誕生日会の準備が本格的に始まり、一時間半ほどが経過した。

窓から差し込む光は温かなオレンジに変わっていき、よく目に馴染んだその情景に、僕はついつい懐かしさを感じてしまう。

「んん、良い匂いだなぁ」

時計の針が十八時を過ぎてまもなく、リビングの扉がゆっくりと開いた。

「久しぶりだな、親父」

「おお、晋助っ。もう帰ってたのか！」

普段であれば二十時を過ぎても帰ってこない親父が、この日ばかりは早くに仕事を切り上げて、誕生日会に間に合うよう帰ってきた。

「パパちゃーん！　お土産買ってきたから一緒に飲もー？」

「千登世ちゃん、いらっしゃい。もうお酒を飲める歳になってるんだったね」

テーブルの椅子に腰を掛け、親父は鬼の金棒のように一升瓶をブンブンと頭上で振り回す千登世を目にすると、腕を組みながら感慨深そうに頷いた。

「それで……千登世ちゃんの隣に座っている子が――」

「……琴坂静音です。お邪魔しています」

親父の視線が静音へと移り、彼女は席に座ったままペコリと会釈する。

「そうか、よく来てくれたね。晋助から話は聞いているよ」

「晋助から……？」

「恥ずかしい話、いつまで経っても息子の事が心配でね。今でも晋助には時々連絡をして、近況を尋ねているんだ。それで晋助から『仲の良い女の子の友達ができた』……とね」

「……そうだったんだ」

隣に座る僕の顔をチラリと覗き、静音はうっすらと笑みを浮かべた。

「晋助の絵の練習にも付き合ってくれているんだよね。色々とお世話になっているようで、ありがたい限りだよ」

「ううん……お世話になっているのは、私の方……です」

親父は席から立ち上がると、静音に手を伸ばして握手を求める。

「どうか今後も、息子と仲良くしてやってほしい」

「……うん」

彼女はその手を握り、小さくそう返事した。

「それにしても、今日は一段と豪勢だなぁ。見た事のないエプロンをしているけど……もしかして、結乃も料理を手伝ったのか？」

親父は静音との挨拶を済ませると、おもむろに結乃のもとへと足を進める。すると彼女は椅子から腰を上げ、見せびらかすようにエプロンの端っこを摘んだ。

「このエプロン、静音さんがプレゼントしてくれたの！　だから、あたしも一緒に料理を手伝ったんだっ！」

「そうかそうか、似合ってるぞ。それに、料理もうまそうだ」

結乃の頭を優しく撫でながら、親父は楽しげに笑った。

「静音ちゃん、娘にプレゼントまでありがとう。今度、しっかりお礼をしなくちゃな」

「いえ、そんな……」

ふと親父から声をかけられ、静音の肩はピクリと揺れる。

そんな彼女の様子に、僕は何か違和感を覚えた。

まるで意識がどこかに吸い込まれているかのように、静音の瞳が虚ろに見える。彼女はほんの少しだけ顔を俯かせ、胸に手を当てた。

「……どうかしたのか？」

静音の肩に触れ、彼女の表情を覗き込む。

「……何でもない。何でもないから、心配しないで」

そう言うと彼女は椅子から立ち上がり、廊下へと突然去っていった。

あまりに唐突な静音の行動に、僕は呆気に取られてしまう。だが、千登世は一升瓶を抱き抱えながら彼女の背中を目で追って、「ふぅむ」と鼻を鳴らした。

「静ちゃん、おしっこでも溜まってたのかなぁー？」

「……え？」

僕を含めた家族全員が若干の困惑を見せる中、千登世はとぼけたような喋り方で、僕にそう尋ねてきた。

「晋ちゃん、ついていってあげなよ。トイレの場所、まだ教えてなかったよね？」

「あ、ああ……。そうだな」

千登世は何かを察したらしく、場の空気を重たくしないよう言葉を選びながら、僕に静音を追うよう促してくる。

僕は椅子から立ち上がると、静音を追ってリビングを後にした。

「あいつ……どこに行ったんだ？」

一旦トイレの方へと足を動かしてみるが、中の灯りは消えたままで、静音の姿はそこにない。ただ玄関の扉が開いた音はしなかったし、家の中にはいるはずである。

となれば、彼女が向かったのは十中八九あの部屋だろう。

「……っ……んっ」

灯りのついていない真っ暗な客室——リビングに向かう際に閉めたはずの襖は開き、中からは彼女の咽び泣く声が微かに聞こえてくる。

「やっぱり、ここしかないよな……」

客室に入って照明をつけると、そこには膝を抱えてうずくまりながら、ひどく肩を震わせている静音の姿があった。

僕は彼女の正面に立ち、目線を合わせるためその場にしゃがむ。

「……静音、一体どうしたんだよ？」

「ごめん……大丈夫、何でもない……」

静音は顔を伏せたまま、掠れた声でそう言った。

「大丈夫って……こんな風になってるのに、そんなわけないだろ」

「違う、本当に大丈夫なの……ただ、涙が止まらないだけ……」

理由もなく泣き出してしまうなんて、普通ありえるか……？

しかし、今さっきのリビングでの出来事を振り返ってみても、静音が涙を流すような理由は一つも思い付かない。

僕は訳も分からないまま彼女の背中をさすり、気持ちが落ち着くのを隣で待った。しばらくすると震えは収まりを見せ始め、少しずつではあるものの平静を取り戻していく。

「……何か、こうなった心当たりはないのか？」

「わからない……けど、胸が温かくって……すごく、痛かった」

「温かくて、痛い……？」

静音は真っ赤に染まった目元を擦り、首を左右に振って「わからない、何もわからないの……っ」と、痛々しく声を吐き出す。

「……ごめん。もういい、もういいから……」

僕は静音の肩に触れ、これ以上は考える事をやめるよう伝えた。

涙を流した理由が分からない今、僕にできるのは彼女の傍にいる事くらいで、彼女の心の乱れを根本から解決するなんて到底できはしない。

自身の無力さを痛感しながら、僕はただただ彼女に寄り添い続けた。

☆

静音の気持ちが落ち着くまでの間を客室で過ごした後、僕達は何事もなかったかのようにリビングへと戻り、先に始まっていた誕生日会に参加した。

戻ってすぐはみんなが静音の体調を心配していたが、場の雰囲気を悪くしないためにも本当の事は伝えず、どうにか適当に誤魔化して食事を進める。

誕生日会は一時間ほど続き、それが終わると僕と静音は酔い潰れた両親と千登世に代わって後片付けを済ませ、客室へと再び足を運んだ。

「ううぅ……」

「ううぅ……うおぇ」

僕と静音が客室の襖を開いてから十数分――その間、まるで共鳴でもしているかのように、二つの呻き声が部屋中に響き渡り続けていた。

客室中央に置かれたローテーブル上には、結乃が高校で使っている教科書やノートなどの勉強道具がズラリと広げられている。

「この二次関数を求める問題は、まずはグラフを描くとイメージしやすい。そしたらさっき覚えた基本の式に当てはめて、次に計算の邪魔になる記号を打ち消すために――」

結乃は頭を抱えながら教科書に視線を落とし、静音の解説を一言一句聞き逃さないよう、必死に耳を傾けていた。

静音は客室に戻ってきてから、結乃の隣に付きっきりで補講課題の手伝いをしてくれている。どうやら今は、数学Ⅰの問題に二人で取り組んでいるようだ。

僕にイラストの描き方を教える時と同じ距離感で、問題に対する考え方を初めに結乃に伝え、彼女の手が止まったらその度に解説を入れて補助をする。

それは第三者目線で見るとさながら家庭教師のようで、僕は普段こういう風に彼女から解説を受けていたのかと、日常の光景をつい思い浮かべてしまった。

てか、静音が僕にしてくれていた事を思い返すと、月に数万円払っても足りないくらいの働きぶりだな……。なんだか、途端に申し訳なさが込み上げてきた。

「……静音、ごめんな。家に招待したのは僕なのに、誕生日会の準備に後片付け、それだけじゃなくて妹の課題まで手伝ってもらって……」

問題の解説を終えたタイミングを見計らい、僕は静音に話しかける。

「気にしないで、好きでやってる事だから。それに……誰かに何かを教えるのは、やっぱり楽しい。こんな私でも人の役に立てるんだって、実感できる」

「……そっか」

「うん。……それはそうと、後片付けの邪魔をされたのはムカついたけど」

ローテーブルから少し離れた場所に苦しそうに横たわっている千登世に視線を移し、静音はムッと眉間に皺を寄せた。

誕生日会の間、千登世は持参してきた一升瓶を自身のキャパも考えず、浴びるような勢いで飲み続けていたのだ。

結果、ベロベロに悪酔いした千登世は、後片付けをする静音に頬ずりしたり脚に纏わり付いたりと散々邪魔をした挙げ句、客室に戻ってくればこのザマである。

さらには両親も今日は酒を大量に飲んで……というか、飲んでも飲んでも千登世がグラスに酒を注ぎ、アルコールにそこまで強くない二人は早々にダウンしてしまった。

誕生日会の主役である結乃が後片付けを手伝わないのはいいとして、それを僕と静音の二人きりでやるハメになったのは、ほぼほぼ千登世のせいと言える。

「それで、あとどれくらいで終わりそうなんだ？　結構長いことやってるけど」

「うっさい、兄貴は黙ってて！」

「だったらもう、僕は自分の部屋に戻るからな」

「……それはダメ。折角の泊まりなんだから」

僕がわずかに腰を浮かすと、静音は服の端を咄嗟に摘んでそれを阻止してきた。

イラストの練習をこの場でする事も考えたが、机上は勉強道具に占領されているし、壁際からは酔っ払いの呻き声が聞こえてくるしで、ろくに集中できそうにない。

「あと数問で終わるから、ここで待ってて」

「まぁ、待つのは構わないけど、晋助は一緒にいてくれないの？」

「何かやる事がないと、晋助は一緒にいてくれないの？」

「い、いや……そういうわけじゃないけどさ……」

「ん……ならよかった。それに、やる事はある。九条先輩が起きたらだけど、明日の予定を決めたい。二日目をどう過ごすのか、まだ決めてなかったから」

「あ、ああ……そういえばそうだな」

静音の見せた不安そうな表情に一瞬動揺してしまい、僕は彼女から視線を逸らした。意識するほどに頬が火照り、しばらく静音の目を直視できなくなる。

本人はそんなつもりなんてないだろうし、完全に無自覚ではあるのだろうが、こういった甘えられ方をされるのに、僕はめっぽう弱いらしい。

「あの……静音さん」

「？　どこかわからない箇所でもあった？」

「か、課題の事じゃなくって……二人は本当に、付き合ってないんですか……？」

僕達のやりとりを間近で聞いて何かが引っ掛かったのか、シャーペンを動かす手を止め、結乃はそわそわと体を揺らしながら静音に尋ねた。

「初めて顔を合わせた時、おに……兄貴が彼女を作るとは思えなくって、『二人は経験した仲なのか』って訊いたけど、それも違くて……でも、どうしても二人の関係はただの友達に見えないし……本当はあたしに嘘ついて、付き合ってるんじゃないかって……」

「確かに、ただの友達ではないかも。私は晋助を、恩人のように思ってるから」

「兄貴が恩人……ですか？」

「そう。道を踏み外しそうになった時、晋助は私を助けに来てくれた……唯一、こんな私に手を差し伸べてくれた……かけがえのない、大切な人」

「かけがえのない、大切な人……それって付き合ってはいないけど、静音さんは兄貴に恋愛感情を抱いてる……って事ですか⁉」

「⁉　おい、結乃……っ！」

直接的すぎる結乃の質問に、僕は慌てて声を上げる。

僕もこの場にいるというのに、こいつは何を言い出すんだよ……⁉

「……」

静音がどう返答しようかと、数秒間そのまま黙り込んだ。

カチ、カチ、カチ……と、壁掛け時計から秒針の進む音が鮮明に聞こえ出し、その音が響く度、僕の身には妙な緊張感が走る。

「──私は」

そしてついに、彼女は数秒の硬直を自身の声で破った──と、ほぼ同時。

「んんぁ、よかったぁ……。現実ではゲロってない……あれ、ゲロってないよね？」

酔い潰れていた千登世が不意に目を覚まし、静音の回答を妨げた。

「ち、千登世！　気分はどうだ⁉」

僕はそのチャンスを逃すまいと、露骨に声を張って彼女に話題を振る。

「……お、晋ちゃんは夜なのに元気だねぇ。いや、夜だから元気なのかな？」

千登世は口元に垂れた涎（よだれ）を手の甲で拭い、膝を立ててゆっくりと身を起こす。

「んー、気分はまああかな？　気持ち悪さはだいぶ治ったけど、晋ちゃんの口にゲロ吐く夢を見ちゃったせいで、最悪な目覚めをしちゃったよ」

「寝起き早々に汚いな！」

　どれだけ不幸な目に遭っていたのだ、千登世の夢の中の僕は。

「まぁ、一旦それはいいとして……静音。千登世も起きた事だし、結乃の課題を見つつ明日の事を話し合わないか？」

「あれれ……？　晋ちゃん、明日の事って何の話？」

「明日の予定をどうするかだよ。静音を連れて地元に帰ってきたはいいものの、まだ何をするか決めてなかっただろ？」

「あ、そういえば伝えてなかったっけ」

「え？　伝えてなかった……？」

「うん、完全にド忘れしてた。明日どうするかだったら、アタシの独断でもう決定済みだよ。勿論、準備もバッチグーだしさっ」

　千登世は親指を立てながら僕達にウィンクをして、勢い良く畳から立ち上がる。すると彼女は、客室の隅に置いていた紙袋のもとにそそくさと駆け寄った。

　紙袋の中を両手でガザガサと漁り始め、そこからギフト用に包装された袋を三つ取り出すと、結乃、静音、僕の順にそれらを配って、彼女は得意げに胸を張る。

「ジャジャーン！　お待ちかね、結乃ちゃんへの誕生日プレゼントだよぉー」

「結乃へのプレゼントなのに、どうして僕と静音にまで？」

「折角だし、二人の分も用意した方がいいと思ってさ」

「それは誕生日プレゼントと言っていいのか……？」

「細かい事は気にしちゃダメだって！　誕生日っていうのは、みんなで幸せを共有するための記念日なんだからさ？」

千登世は「早速開けてみてよ」と掌を仰ぎ、僕達はそんな彼女に困惑しつつも受け取ったプレゼントの包装を丁寧に解いた。

「これって、水着……だよな？」

僕の袋に入っていたのは、ボーダー柄のハーフパンツ。

「……私のも水着」

「あっ、可愛い……っ！　けど、ちょっとえっちすぎないですか……!?」

二人が受け取ったプレゼントの中身も、僕同様に水着だったらしい。

静音が渡されたのは黒が基調のフリルビキニで、白のレースがアクセントに装飾されている。地雷系っぽさを感じる、彼女のイメージによく合ったデザインだ。

一方、結乃に贈られたのは大人っぽい白のビキニ。彼女が普段着ている服の系統からは逸れたデザインで、水着単体からでもかなりセクシーな雰囲気が醸し出されていた。

「うんうん、やっぱ夏と言ったら水着だよねぇ。これ、結構頑張って選んだんだよ？　晋ちゃんのはカッコ可愛く、静ちゃんのは病みカワに、そんで結乃ちゃんのは同級生を発情させられるような、どちゃくそエロい水着にしてあげよう……ってね！」

「お前は人の妹を晒し者にする気か⁉」

「結乃ちゃんだって、もう立派な高校生だよ？　それに、普段真面目な女の子が学校の外でエロかったら、ギャップがあって最高でしょ」

男目線であれば最高だが、兄として複雑な心境だ。

「まぁ、それはそうと……とりあえず、プレゼントはありがとうな。着るかどうかは別として、しっかり受け取っておくよ」

「えぇぇー。折角買ったんだから、明日はそれ着てみんなで遊ぼうよぉー？　小さい頃によく遊んでたプールとか、久々に行ってみたくない？」

「ここ数年行ってないし、様子見がてら行ってみたくはあるけど……」

手に持っているハーフパンツから視線を上げ、静音と結乃の反応を順に窺う。

「あ、あたしはプール行きたいです……っ！　この水着、着るのはちょっと恥ずかしいけど……」

結乃は力強く挙手をして、千登世の提案に賛成する。しかし、その水着を着ている自分の姿を想像してか、上げた手は徐々にふにゃりと控えめになっていった。

ただ、プールに行きたいという気持ちに変わりはないらしい。彼女はそのまま手を完全には下げず、僕達にアピールを続けていた。

「私も……プールに行きたい。そこが晋助の昔よく遊んでいた場所なんだったら、私もそこに行って、もっと晋助の事をよく知りたい」

左手首に右手をそっと触れ、静音は微かな声でそう言った。二人の賛同を無事に得られると、千登世は「やっりぃ！」と上機嫌に指を鳴らす。

「一旦、これで決定か。……それじゃ、そろそろ僕は部屋に戻るとするかな」

「え……晋ちゃん、もう部屋に戻っちゃうの？　こんな機会も滅多にないし、夜通しガールズトークで盛り上がろうと思ってたのに」

「勝手にガールズに含めるな」

千登世に引き止められはしたものの、僕は構わず畳から腰を上げる。

「もういい時間だし、部屋に戻るついでで風呂の準備もしてくるよ。母さんと親父は後で入るだろうから、できたらお前らが先に入るんだぞ」

「それはいいけど、四人で入るにはさすがに狭くない？」

「何でナチュラルに僕まで一緒に入る前提なんだ……。ていうか、僕抜きの三人で入るにしても面積的に狭いだろうし、普通に一人ずつ入れって」

「一人で入浴なんてしたら、誰の乳にも触れられないじゃん！　自分の乳を揉みしだいて虚無を埋めるだなんて、アタシには到底耐えられないよ！」

よく二年以上も一人暮らしできてたな……。

とはいえ、みんなで風呂に入りたいという千登世の気持ちは分からなくもない。

僕自身、修学旅行や部活の合宿で友達と一緒に入浴した経験は、非日常感もあってとても楽しかった覚えがあるし、良き思い出として記憶に残り続けている。

こういうタイミングだからこそ、友達との思い出を一つでも多く増やしたいという千登世なりの思いが、彼女の変態的な発言には含まれているのかもしれない。

「……あ、あの……っ！」

その時、僕と千登世の会話に耳を傾けていた結乃が、不意に声を張った。彼女の声に反応して、僕達の視線が一気に結乃へと向けられる。

「えっと……もしよければ、今からみんなでお風呂入りに行きませんか……⁉」

「おおっ。結乃ちゃん、それはナイスバディだよぉ」

「アイディアの間違いだろ」

集まった視線に動揺しつつも結乃は僕達に一つの提案を持ちかけ、それを聞いた千登世は親指を立てて彼女の意見に秒で賛成した。

結乃が言っている「お風呂」とは、地元では有名な日帰り天然温泉の事だ。

そこは家族揃って行った事があるのは勿論、中学時代には部活の試合後や体育祭などの学校行事後にも打ち上げの場として利用していた、馴染みの温泉施設である。

僕達の生まれ育った街の紹介にもなるし、これはかなり良い案かもしれない。

「温泉か……うん、僕も賛成だ。……静音はどう思う？」

「行く。温泉には今まで行った事がないし……楽しみ」

静音は目を輝かせて、首をコクリと縦に振った。

「温泉行った事がないなんて、結構珍しいねぇ」

「行く相手がいないし、一人じゃ行こうとも思わなかった。何なら、プールで遊んだ覚えだってこれまで一度もない……」

自身の過去を振り返るように、静音は一人俯いた。

しかし、彼女が机に向けたその表情は、決して悲しげなものではない。

「けど……晋助達と初めての体験ができるから、これでいい」

静音はほんの少し頬を緩め、声を微かに弾ませた。

☆

数学Ⅰの補講課題がようやく終わり、僕は母さんから鍵を借りて久しぶりに車のハンドルを握ると、夜の田舎道を走らせた。

実家から温泉までは、数十分ほどで着く。

駐車場に車を停めて施設の中へと入り、フロントで待ち合わせ時間を決めた僕達は、男女に分かれてそれぞれ暖簾をくぐった。

「ふうぅ……」

衣服を脱いで入浴準備を整えると、僕は体を洗ってすぐさま露天風呂へと足を進め、中央の大きな浴槽に肩まで浸かる。

温泉と言えば誰かと一緒に訪れて、和気藹々と談笑をしながら浸かるのがこれまでの楽しみ方であったが、一人で入るのも案外悪くないかもしれない。

体が芯からじんわりと温まり、日頃の疲れがほぐれていくようだった。

ライトに照らされた真っ白な湯気がモクモクと夜空へと立ち昇り、僕はそれを目で追うようにして頭上でまばらに煌めく星々を眺める。

「……静音、変わろうとしてるんだな」

客の少ない平日の夜——今日の出来事を思い返し、僕はふと呟いた。

静音は「通い妻契約」を結んだ事で、僕や彼女自身に対してだけではなく、徐々に他者にも関心を持つようになってきているようだ。

現状、繋がりがあるのは僕の身近にいる人のみであるものの、このまま誰とでも良好な関係を築けるようになっていけば、きっと彼女は大きく躍進できる。

それこそ今の経験は静音の成長に直結し、将来の夢である小学校の先生になった時の、大きな支えにもなるはずだ。

だがその前に、やはり気になる点はある。

一体何を感じて、彼女は涙を流してしまったのだろうか。

静音は結乃と親父の会話を聞いている最中に席を外したわけだし、何か理由があるとすればあのやりとりに手がかりがあるはずなのだが……。

——胸が温かくって、すごく痛かった。


あの時の言葉をいくら頭の中で唱えてみても、その理由が分からない。

結乃と親父の会話から、自身の家庭と比較してしまった——というのが、最も可能性として高いと思うが、それを直接伝えるのは彼女を苦しめる事になりかねない。

それに、折角ここ数週間はメンタルが比較的安定していたのだから、わざわざ負の感情を掘り起こさせるべきではないだろう。

何はともあれ、今は静音が結乃と上手く関係を築き始めている事を素直に喜んで、先の事を前向きに考えておくくらいの方がよさそうだ。

「……もし僕が女だったら、今頃あいつらと温泉に浸かってたのかなぁ」

ありえる事のない仮定を口からぽろりと溢し、僕は「ふう……」と息を吐く。

一人きりで温泉に浸かるのは、やっぱり少々退屈だった。

☆

「うほぉ……っ！　これはこれは、なかなかに良いモノをお持ちのようだねぇ！」

「もう無理、許して……んんっ、やめ、やめてぇええ……っ！」

二十二時過ぎ——源泉掛け流しの内湯に、おっさん臭いセリフを吐く不審者が一人現れ、女子高生の胸を揉みしだく等の犯行に及んでいた。

「九条先輩、うるさい」

千登世の騒々しさに苛立ちを覚え、静音は彼女の顔を目がけてお湯をかける。

「うわっふ……ちょ、耳に入っちゃったって！　ここは温泉なんだから、そういうマナーの悪い事をしたらダメだよ？　他のお客さんにも迷惑になっちゃうしさ」

「ううぅ……他の人の迷惑を気にできるなら、胸なんか揉んでこないでよぉ……っ」

「いやいや結乃ちゃん、平気だよ。今はお客さんもいないし」

「言ってる事が全く違うぅ……」

セクハラを受けていた結乃はへたりと浴槽にもたれかかり、肩をビクンビクンと震わせながら、とろけた口調でそう言った。

ここの温泉は地元民なら誰もが一度は来た事があるような場所であるものの、この時間帯になると客足は段々と遠退いていく。

今も何人か客がいるにはいるのだが、その人達は露天風呂やサウナに行っているため、実質のところ内湯は静音達の貸切状態となっていた。

「よーし、よし……それじゃあ続いては、静ちゃんの生ぽよよんおっぱいを堪能させていただこうかなぁ？」

　千登世はいかがわしく指を動かして、静音との距離を徐々に詰めていく。

「……ん、わかった」

「し、静音さん⁉　わかっちゃって本当にいいんですか……⁉」

「え？　温泉で胸を揉むのは普通じゃないの？」

「普通なわけないじゃないですか⁉」

　思いも寄らない静音の反応に、結乃はバシャンッとお湯に手を叩き付けた。

「でも、アニメでは温泉に入ると女の子同士で胸を揉み合ってない？」

「それはアニメだからです！　現実ではそんな事……たまにしかありません！　修学旅行とかでお風呂に入った時、みんながみんな胸なんて揉んでなかったですよね⁉」

「旅行には一度も行った事がないから、よくわからない」

「え……あの、そうとは知らずに、ごめんなさい……」

「大丈夫。別に気にしてない」

　結乃は失言してしまったと口を噤むが、静音は本当に何も気にしていない様子で鼻の真下までお湯に浸かり、ぼーっと気持ち良さそうに目を細めた。

「あの……静音さん」

「ん……どうかした？」

お湯から口を出し、静音は微かに首を傾げる。

「あたしが勉強中にした質問……あの時はちーちゃんが起きちゃって答えてもらえなかったけど、もう一回訊いてもいいですか……？」

「……ああ、あれね」

「え、なになに？　アタシが寝てる間に何かあったの？」

千登世は静音の後ろに回って荒々しく背中に抱き付くと、彼女の肩からひょっこりと顔を出して興味津々に話に割って入った。

客室で補講課題をしていた時の「静音は晋助が好きなのか」という、結乃が静音に対して投げかけた——純粋な疑問。

さっきはタイミング悪く質問に答えてもらう事ができなかったため、結乃はずっと悶々としながら静音に改めて尋ねるタイミングを窺い続けていた。

「静音さんはあたしに、兄貴はかけがえのない大切な人……って言っていました。それって、兄貴の事がす、好き……って事じゃないんですか……？」

「うん、好き」

「え……っ」

てっきりはぐらかされるものだと思っていた結乃だが、兄に対するあまりに素直な静音の好意に、つい戸惑ってしまう。

「好き……って、それは友達じゃなく、恋愛的な意味でですか？」

「そう、恋愛的な意味。友達的な意味でも好きだけど」

「なんというか、ストレートですね……」

兄に恋している女子を目の前に、結乃はドキドキと高鳴った胸を押さえながら、もう片方の手で火照（ほて）った顔をパタパタと仰いだ。

「あの……それだけ兄貴の事を想（おも）ってくれているのに、静音さんは……こ、告白して付き合いたいとか、思わないんですか？」

「思う。本当は告白して……晋助の恋人になりたい」

静音はまたもまっすぐに、曇りのない瞳で赤裸々に本心を告げる。

そんな彼女に、結乃は「だったら……」と口にするが、静音の表情から何かを察し、途中でそれを止めた。

「……私は、ようやく手に入れた今が……この関係が変わるのが、すごく怖い」

過去に静音は、晋助に好意がある事は伝えている。

ただ、それは彼女自身の情緒が不安定な時に口から出た告白であり、今現在の純粋な気持ちは伝えられていない。

あの日——服を脱いで晋助に迫った日の告白に、決して嘘（うそ）はない。彼になら体を差し出していいというのも、本心である。

けれど、こうして「共依存関係」となった晋助に、改めて「恋人になりたい」と告白するのは、心底怖い事だった。

視線を下げて、静音は自身の気持ちを整理するようにゆっくりと語り出す。

「結乃が知っているかわからないけれど、晋助は過去の交際経験のトラウマから、私みたいなタイプの女子を元々避けていた」

「はい……それは、なんとなく知っています」

過去三回の交際経験から生じた、メンヘラ女子に対するトラウマ——地雷系ファッションとリストカットによる傷痕、その二つの特徴を持つ相手への苦手意識。

だからこそ静音と初めて顔を合わせた時、結乃は混乱してしまった。

「『もうメンヘラに対するトラウマはない』って、晋助は言ってくれてるけど……それでも、私を避けていた時期があるのは変わらない事実だから……」

静音の声が微かに震え出し、段々と声量が落ちていく。

「それに、もし告白して付き合えたとしても……また、その過去を繰り返させたらって考えると、やっぱり本人には気持ちを伝えられない」

「……あたし、静音さんの事を今までちょっと疑っていました」

「疑っていた……？」

「この人は兄貴を誑(たぶら)かしてるんじゃないか、また兄貴はいいように扱われて悩んでしまうんじゃないか……って。……けど今の話を聞いて、心の底から安心しました」

結乃はにっこりと微笑(ほほえ)んで、静音に言葉をかける。

「兄貴の事をそんなに想ってくれて……ありがとうございます」

「……うん」

静音は彼女からのお礼に、ふっと小さく笑みを溢した。

「それで……ち、ちーちゃんはどうなんですか……？」

「えっ、アタシ？」

いきなり話題を振られ、千登世は軽く動揺しながら自身を指差す。

「兄貴とちーちゃんは、遅かれ早かれいつか付き合うんだろうな……って、ずっと思っていました。……だから、ちーちゃんの気持ちも知りたいです」

どれくらい前かも思い出せないほど昔から、晋助と千登世は「理想の二人」として結乃の目には映っていた。

それにもかかわらず、小中高と二人が付き合う事はなく、何なら晋助は他の異性と三度も交際をしてしまい、結乃は妹ながらに困惑していたのだ。

晋助が千登世と同じ大学に通うと知った時は、親元から離れてようやく関係が幼馴染(おさななじみ)から進展するのではないかと期待したが、そう上手くはいっていないらしい。

　これまで千登世が晋助に恋心を抱いているのか訊いた事はなかったが、この際はっきりと彼女の気持ちを知っておきたかった。

「あはは……まいったなぁ」

　困ったように眉をひそめて、千登世はぽりぽりと頰を搔く。天井を見上げながら数秒だけ思考を巡らせ、再び彼女は結乃と向き合った。

「今まで勘違いさせちゃってごめんだけど、アタシが晋ちゃんと付き合う事は……残念ながら、これからも一生ありえないかな」

「でも、普段から兄貴に求婚まがいな発言をしたり、事あるごとに……え、えっちな事とか言って、夜の誘いなんかもしていましたよね……？」

「いやぁ、結乃ちゃんは真面目だなぁ……。どれもこれも全部からかってただけだし、それは晋ちゃんもさすがに理解してるよ」

「からかっていたのは分かってます……ただ、それって好きな子にいじわるしちゃうみたいな、恥ずかしさから本心を隠しての言動なんだろうと……」

「う～ん、それは見当違いかな。幼馴染として……お姉ちゃんとしては、全身をペロペロと舐め回しちゃいたいくらい大好きだけどね」

　千登世はそう言うと、静音からふっと体を離して浴槽の底面に両手をついた。

「そりゃあ、万が一にも晋ちゃんから告白でもされたら考えるよ？　けど、姉が弟に手を出すなんて……本来、あっちゃいけないんだよ」

「そう……なんですか……？」

どこか含みのある言い方に結乃は違和感を覚えたが、問い詰めたところで答えは大して変わらないだろう。今は千登世の言い分に、納得するほかなかった。

「……ところで、結乃」

「はい……？　静音さん、何ですか？」

「そう言う結乃は、晋助をどう思っているの？」

「え……!?　いや、いやいや！　あたしとおに……兄貴は実の兄妹ですからっ！」

「恋愛的にじゃない。妹として晋助をどう思っているのか、気になった。本人には当たりが強いのに、話を聞いていると晋助の事をすごく気にかけているようだったから」

良くない勘違いをして慌てふためいている結乃に、静音は冷静に補足をする。質問の意味をようやく理解し、結乃は「あ、ああー……」と気が抜けたように頷いた。

「……別に、兄貴の事なんて気にしてないです。ただ……心配になるんですよ」

唇を尖らせ、結乃は不貞腐れたように心情を吐き出す。

「兄貴は超が付くほどのお人好しで……なんか、放っておけないんです。いつか大変な事に巻き込まれそうというか、突然どこか遠くに行っちゃいそうっていうか……」

結乃の声は徐々にボソボソと聞き取りづらくなっていき、ついにはほとんど聞こえなくなった。するると突然、彼女はバッとその場から立ち上がる。

「そもそも……妹にこんな心配をさせてる時点で、ダメな兄貴なんですっ！」

不安を不満に変え、結乃は熱のこもった声で感情を爆発させた。

「いっつも人の事ばっか気にして悩んでばっかだし、勉強も運動もイマイチで全然カッコ良くもない！　着る服も地味でパッとしないし、プレゼントのセンスすら皆無っ！」

少しばかり息を切らして、彼女はちゃぷんっとお湯に浸かり直す。

「けど……あたしの事を誰より理解してるのも兄貴だから……嫌いではないです」

「……そう」

素直になれない結乃の心境を汲み取り、静音は柔らかく微笑んだ。

「あ、そういえば！　晋ちゃんって結乃ちゃんに、何をプレゼントしたの？」

「あの時、ちーちゃんも一緒にいましたよね……？」

「んぇ、そだっけ？」

結乃が晋助からプレゼントを受け取ったのは、誕生日会の終了間際。

その時すでに、千登世はアルコールの摂りすぎで記憶が曖昧になっていたため、その場に居合わせたにもかかわらずプレゼントが何だったのか、全く覚えていなかった。

「まぁ、細かい事はいいじゃない！　それで、晋ちゃんからは一体何を貰ったの？」

「……本です、本」

「え……？　本って、もしかして参考書？」

「いえ、さすがに参考書ではなかったですけど……かなり近いです……」

千登世は「かなり近いかぁ……」と首を捻り、しばらく頭を悩ませる。それでもなかなか答えは思い浮かばず、結局は結乃から直接解答を得た。

「あぁーっ。確かに妹の誕生日で、それはちょっとセンスがないかもねぇ」

「……そう？　私はいいと思うけど」

「まぁ、結乃ちゃんの事を本当に理解してるのは伝わってくるよ」

プレゼントの中身を知ると、千登世は楽しげに笑いながら結乃に近付いて、彼女の髪をよしよしと優しく撫でる。

「大切に使いなね、そのプレゼント」

☆

「はぁ……やっとか」

目を瞑っている千登世の前でひらひらと手を動かし、ようやく眠りについてくれた事を確認した僕は、布団の上でゆっくりと腰を上げる。

温泉から実家へと帰ってきた僕達は、客室に戻って畳の上に三人分の布団を敷き、寝る準備を整えた。

しかし、布団を敷き終えるなり千登世が懲りずに一升瓶を開けてしまい、僕、静音、結乃の三人は遅くまで酔った彼女のダル絡みに付き合うハメとなったのだ。

とはいえ、結乃は日付を跨いだ辺りで眠りにつき、静音もその後に続くようにして夢の世界へと逃げてしまったため、実質、話を聞いていたのは僕一人のみだった。

「もうこんな時間か……」

壁掛け時計に目をやると、時刻は二時半を過ぎている。どうやら二時間以上もの間、僕は酔った千登世の話に付き合わされ続けていたらしい。

横になっている三人を起こしてしまわないよう壁際を歩き、僕は襖を静かに開けて自室へと向かった。

小学生の頃から使っていた学習机にベッド、中高で使っていた教科書や漫画が詰め込まれた本棚——自室の扉を開くと、見慣れた景色が目の前に広がる。

僕は照明をつけると学習机の椅子に腰掛けて、東京から持ってきたスケッチブックと鉛筆を手に取った。

イラストの練習は、できる限り毎日欠かさず取り組みたい。すでに日付は変わっているし、この時間からだと少ししか描けそうにないが、やらないよりはマシだろう。

頭に描きたいもののイメージを浮かべようと、僕は目を瞑って意識を集中させる。

――コンコン。


その時――軽快に扉を叩く音が、自室内に突然響いた。

僕はその音にビクリと体を震わせて、恐る恐る背後を振り返る。

「……なんだ、お前か」

そこには、黒のパジャマに身を包んだ静音の姿があった。

「幽霊かとでも思った？」

「生憎、僕は幽霊みたいに本当にいたら怖いものは、端から信じないようにしてるんだ。いきなり音が聞こえてきて、ビックリはしたけどさ」

「だったら、ストーカーが部屋に入ってきたとでも思った？」

「それは幽霊と同じか、それ以上に怖いな……」

「私がここに来る前から、ストーカーは部屋にいたけれど」

「え、それってどういう……いや、ストーカーって僕の事か！」

確かに数週間前、静音が学内サークル「遊呑み」の飲み会に参加するという情報をツイッターから得て、会場に直接出向くなんていうストーカーまがいな行為はしたけども。

僕の反応を見ると、静音は口元に手を当てていたずらっぽく笑った。

「とりあえず、そんな所に突っ立ってないで入ってこいよ」

「うん、わかった」

彼女はコクンと頷いて、部屋に足を踏み入れる。

「もしかして、客室を出る時に起こしちゃったのか？」

「ううん。晋助の匂いが消えたから、目が覚めた」

「お前の嗅覚は一体どうなってるんだよ……」

「冗談。本当は襖が開く音で目が覚めた」

「……そうか。こんな夜中に起こして、悪かったな」

「大丈夫。おかげで、晋助の部屋に入るきっかけになったから」

そういえば、客室に案内する時に自室の場所も教えてはいたが、中は見せていなかったな……。言ってくれさえすれば、普通に入れていたのに。

静音は扉を閉めると、興味深そうに壁から家具まで部屋全体を見渡した。

「そんなに眺めても、特に面白い物は見つからないと思うぞ？」

「歴史的文化財を見学してるみたいで、面白い」

「大袈裟すぎるだろ」

一般家庭の単なる一室だぞ、この場所は。

「なんだか……ここにいると、晋助を身近に感じられる」

「身近に、って……。毎日のように一緒にいるんだし、元から身近だろ」

「それはそうだけど、それよりももっと近く……私が晋助そのものになれてる感じ」

「……ダメだ。何を言っているのか、さっぱり分からない……」

「晋助の『身近』にこうして触れた事で、今までよりもっと深く晋助を理解できるようになった気がする……って意味。生活感や好きなものが、ここにはいっぱい詰まってる」

静音は本棚を眺めながら、そう僕に補足した。

「晋助はこれから、イラスト練習をするんだよね」

しばらくすると、彼女は本棚の前から僕の座る椅子へと歩み寄り、まっさらなスケッチブックを覗いてくる。

「……私も、手伝っていい？」

「勿論。道具は揃ってないから、簡単なのしか描けないけどな」

「それで、今日は何を描くつもりでいるの？」

鉛筆を握り直し、何を描こうかと頭を悩ませる。

「……初心にかえって、模写の練習でもしてみるか」

「いいね、それ。私が知らない頃の晋助を、見ている気分になれそう」

僕は椅子から立ち上がって、お気に入りの漫画を本棚から一冊取り出す。それをスケッチブックの隣に置くと、表紙を真似しながら大まかな形を描き取った。

そこから僕達は眠気がやって来るまで、自室にこもってイラストと向き合う。

いつもと場所は違うものの、いつも通りに静音が隣にいてくれる。

たったそれだけの事なのに、どうしてこうも心が落ち着くのか。

「……僕も、もっと理解したいな」

静音が僕の事をさらに理解しようとしてくれているように、僕も彼女を――今よりもっと深くまで、知りたいと思った。

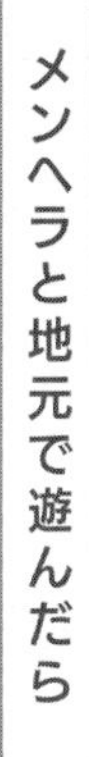

「おかえり、静音」

玄関の扉を開けると、薄暗い廊下で父が私の帰りを待っていた。

「……ただいま、お父さん」

目を合わさずに挨拶を返し、靴を脱いで廊下に上がる。

……なんだか、嫌な予感がする。

門限の時間を過ぎているわけでもないのに、父がわざわざここにいるなんて、きっと私の行動から何かを察したに違いない。

額からツーッと汗が流れ、私は逃げるように自室へと足を急がせる。だが、父の横を通り過ぎようとした時、彼は私の腕を背後から力任せに握ってきた。

「少し、ぼくと話をしよう」

どこか落ち着きのある、酒焼けした低い声――ただそれは、決して私を安心させてくれるようなものではない。

その声は私の心に圧をかけ、心臓を激しく打ち付けた。

「やめて、離して……っ」

父の手を振り解こうと必死に腕を引くが、抵抗すればするほど彼の指先にはさらに力が入っていき、意地でも私を離そうとはしない。

何とか父から距離を取ろうと頭を働かせても、大の大人を振り切れるような案は一向に出ず、焦りと腕の痛みのせいで段々と思考を巡らせる事ができなくなっていく。

私はいつの間にかパニックに陥り、全身を振り回すように暴れ出した。

とはいえ、それは単なる悪足掻きにしかならず、私は父に服を鷲掴まれると、叩き付けられるように体ごと床になぎ倒された。

うつ伏せとなった私は頭を床に押し付けられ、背中に体重をかけられる。そうして身動きを取れなくすると、父は私のスカートにそっと手を触れた。

「ポケットには入れていないようだね。……となれば、バッグの中か」

続いて、近くに放られたバッグへと父の視線は向けられる。彼は腕を伸ばしてそれを手に取り、中からスマホを取り出した。

「パスコードは……誕生日の四桁だったかな？」

知らず知らずのうちに、スマホの中身を覗かれた事があったのかもしれない。父は難なくロックを解除して、手慣れた様子で淡々と操作を始めた。

「返して……返してよっ！」

私は脚をバタバタと動かし、父に訴えかける。しかし、そんな些細な抵抗など意にも介さず、父は画面の情報を隅から隅まで見渡していった。

「これは、どういうつもりかな？」

スマホの端を指で摘み、父は私の目の前で画面を光らせる。その明かりは暗い廊下で見るにはやたら眩しく、私は思わず目を閉じた。

「……っ⁉」

直後、父は私の右目蓋に指を当て——無理矢理ひん剝くように、目を開かせる。

娘相手であっても容赦のない父の行動に、私の体はひどく強張った。

「今日、この少年と会ってきたのかい？」

開かれた瞳に映ったのは、ツイッターのダイレクトメッセージ。

父に問い詰められる事を恐れ、彼とのやりとりは誰にもバレないよう密かに行っていたというのに、一体いつ気付かれてしまったのだろう。

どうにか今は誤魔化して、一刻も早くこの状況から解放されたいところではあるけれど、メッセージの文面からして言い逃れはできそうにない。

「……うん。その男の子と会ってきた」

私は仕方なく、素直にそう答えた。答えるしかなかった。

「『今日はありがとう。また近いうちに会おうよ』……か。この少年とは、どこで何をして遊んでいたのかな？」

「……ファミレス。ただ、お話ししてただけ」

「そうか、お話ししていただけか」

父はにこやかに笑いながら、私の体を——いや、私の髪を引っ張り上げた。

「だったらどうして、君は今、ぼくから逃げたんだ？」

尋常じゃない痛みに悲鳴を上げ、もう一度体を暴れさせる。そうして何とか体勢を変えると、私は両膝を床について呼吸を整えた。

「……確かに、私はお父さんから逃げようとした。けれど、それは今日の事を知られたら、二度と友達と会わせてもらえなくなるんじゃないかと思って……」

「違うだろう？　やましい事があるから、君は報告しなかっただけだ」

「違う……っ！　本当に、やましい事なんか……」

「……どうだか」

手に持ったスマホを操作して、父は文章を打ち込み始める。

「何……？　お父さんは、私のスマホで何をしているの……？」

「そんなの、決まっているだろう？　……選別だ」

父は髪を摑んだまま、再び目の前に画面を差し出した。

「返信はぼくが書いた。だから、送信ボタンは君が押しなさい」

「『君には二度と会わない。さようなら』……？」

　画面に映し出された文章を読んで、私はごくりと唾を飲む。

「どうして、こんなものを送らないといけないの……？　この人は本当に、ただの男友達なのに……」

「ネットで知り合って、たった一回会っただけの男が友達？　……理解できないな。この男と関われなくなるのが、そんなに嫌なのかい？」

　父は呆れたように、深く溜め息をついた。

「これは、静音のためにやっている事だ。まともな大人になるためには、今のうちから人付き合いの良し悪しを学んでおかなくちゃならない」

　私の前から画面を引くと、父は躊躇なく送信ボタンをタップする。

「親であるぼくの使命は、君をまともでいさせる事。……道を踏み外さないように、目を離さずに育て抜く事だ。それをどうして、君は理解してくれない？」

　父はわざとらしくスマホを私の目の前に落とし、同時に髪からも手を離した。

「ネット上で繋がった君基準の『友達』は、今日の少年以外にも数人いるのだろう。お別れのメッセージを送って、そのアカウントは今日中に削除しておきなさい」

「……何で、私がそんな事をしなくちゃ……っ！」

「削除しておきなさい」

私の言葉には聞く耳も持たず、父はそう繰り返した。

「ぼくが今すぐ、静音に代わってアカウントを削除してもいいんだ。それにもかかわらずお別れするための猶予を与えているのだから、慈悲深いものだろう」

父から向けられた黒く冷たい視線に、私は何も言い返せなくなる。仮にここで何かを訴えかけたとしても、応えてもらえる事は一つもない。

強く握った拳の中に爪を立て、私は痛みで主張を抑え込んだ。

「……わかった」

「良い子だ」

膝をついて廊下に座り込む私を、父は優しく抱きしめる。

「頼むから、静音はお袋のようにならないでくれ」

「……うん」

考える事を諦めて、無気力に返事した。

まるで私は、人形にでもなったような気分だった。父の望んだ通りに生かされているだけで、それに背いた意思を持つ事は決して許されない。

父の抱擁は段々と強くなっていき、私の心をすり潰す。

胸がひどく圧迫され、呼吸が苦しくなっていった。

私の声は誰に届く事もなく、無慈悲にも黒い渦に呑み込まれる。

それでも前に腕を伸ばし、何かにしがみ付こうと必死に空を仰いだ。

あの日から私は、この手を握ってくれる誰かを求め続けていた。

父の腕の中から逃してくれる誰かを、私はずっと――


「――夢？」

目が覚めた私は上半身を起こし、周囲を見渡した。

隣の布団では九条先輩が涎を垂らしながら大の字で寝ていて、さらにその奥では結乃がすやすやと幸せそうに眠りについている。

壁掛け時計に目をやると、時刻は朝の八時を迎えていた。

白い光が差し込んでいる障子へと歩み寄り、私は窓の外を覗き込む。

「……良い天気」

雲もほとんどない快晴の空が視界に広がり、思わず目蓋を半分閉じた。

今日の空模様を確認した私は窓から離れ、着替えの準備を始める。

あの悪夢は過去に、何回も見た事があった。普段はその度に心を乱していたけれど、晋助の実家にいる今は、そんな事で気を落としているわけにもいかない。

だって、今日は晋助と――ようやくできた友達と、夏の思い出を作るのだから。

今だけはどうか、この悪夢から逃れていたかった。

☆

「うっみだぁーっ！」

「プールだろ」

水着に着替えて更衣室から颯爽と出てきた千登世に、僕は冷静にツッコミを入れる。

僕達がやって来たのは、地元から少々離れた場所に位置する巨大プール。

燦々と照り付ける太陽が水面をキラキラと輝かせ、緩やかに吹いている夏風がほのかに涼しい空気を運んでいた。

「いやぁ、懐かしいね。小学生の時は家族ぐるみでよく遊びに来てたけど、中学に上がって以降はそんな機会もめっきり減ってたし、こうしてまた来れて嬉しいよ」

千登世は両手を空に掲げ、気持ち良さそうに「んんーっ」と伸びをする。

「……あ、ああ。そうだな……」

「おやおやぁ？　晋ちゃん、何やら視線が落ち着かないねぇ。もしや、お姉ちゃんのグラマラスボディに見惚れちゃってたりするのかな？」

僕の視線が自身から外れた事に気が付くと、千登世は口元を手で押さえて、からかうように笑みを浮かべた。

「そんなわけないだろ。こっちを見るな」

「先に見てきたのは晋ちゃんでしょ？」

全面的に否定したいところではあるが、すでに気付かれてしまっている時点で嘘はつけない。……とはいえ、こればっかりは仕方のない事だろう。

水色の三角ビキニとデニムのショートパンツ水着に、頭には愛用の黒キャップ――格好自体は比較的シンプルであるものの、彼女からは妙な色気が醸し出されていた。

日本人女性の平均より高い身長に、メリハリのあるボディライン。特にさっきの伸びをする仕草は、男なら誰もが無意識に釘付けとなってしまうはずである。

それにしても、毎日のようにカップ麺やらコンビニ飯を食べて過ごしているくせに、よくこの体型を維持できているな……。

「うーん。さすがのアタシでも、水着姿をまじまじと見られるのはちょっと恥ずかしいものだね。もう一つの控えめなデザインの方にしておけばよかったかもなぁ」

「今のとは別に、もう一つ候補があったのか？」

「うん。ホルスタイン柄のやつなんだけど」

「どこが控えめだよ！」

「やっぱり素材を生かせるデザインの方がいいかな、と」

両の下乳を手ですくうように持ち上げて、真剣な顔つきで千登世は言った。

確かに似合いそうではあるが、プールに着てきてほしくはない。

「もぉー、そんな物欲しそうな目で乳を見つめないでよー。柄はホルスタインじゃないけど、晋ちゃんにならら乳搾りくらい、後でいっぱいさせてあげるからさぁ？」

「物欲しそうな目でなんか見てねぇよ！　……てか、そもそも搾れないだろ！」

「ふふふ、それはどうだろうねぇ……？」

ありもしない事を無駄に匂わせるな。

「実はアタシ、最近は夜な夜なお風呂で乳搾りをシミュレーションしててさ。おっぱい星人の晋ちゃんを迎え撃つために悩殺技を開発したから、楽しみにしててよ」

「ろくでもない一人遊びに、僕を巻き込まないでくれ」

あと、僕はいつの間におっぱい星人認定されていたんだ。

「……ところで、二人はまだ来ないのか？　千登世だけ異様に早いけど」

「アタシはプールに着く前から、服の下に水着を着ていたからね。多分、二人ももうちょいしたら来るんじゃないかな？」

「水着に着替えるだけなのに、そんなに時間がかかるものなのか？」

「女の子は色々と気にする事が多いからね。プールに行くってなったのも、つい昨日の夜だしさ。……それはそうと、晋ちゃんはどう？　水着の穿(は)き心地は」

「ああ、これか」

昨夜に千登世からプレゼントされた、ボーダー柄のハーフパンツ。

僕は自身の腰回りに視線を下げ、水着のゴム部分に手を触れた。

「サイズも丁度合ってるし、良い感じだよ。自分じゃ選ばないようなデザインだけど、穿いてみたら違和感もなかったし」

「おお、それならよかった。晋ちゃんの水着もボーダーかホルスタインかで迷ってたんだけど、こっちにして正解だったかもね」

「ボーダーで大正解だ！」

下手したらホルスタイン柄でお揃いになっていたのかと、内心ゾッとしてしまう。

その時、千登世は不意に踵を上げて僕の背後に注目し出す。彼女の視線につられて僕も後ろを向くと、そこには更衣室から出てきた二人の姿があった。

「……おや？」

「あっ、ちーちゃん！　……と、兄貴」

「……お持たせ」

妹の結乃はペタペタと足音を立てながら僕達のもとへと小走りし、静音はその後をゆっくりとついてくる。

「んー？　晋ちゃん、何やら体より先に目の方が泳いじゃってるみたいだねぇ？」

「お前は余計な事を言うな……」

目の前にいる二人の水着も、僕のと同様に千登世が昨夜プレゼントした物だ。

結乃が身に着けているのは、大人っぽい雰囲気のセクシーな白ビキニ。

妹の水着姿でドギマギしてしまうのは我ながら気色悪いが、普段とは違った雰囲気に当てられて、どういう反応をするべきか悩んでしまう。

逆に静音は普段の服装の系統に近い、レースの付いた黒のフリルビキニ。

上着を羽織っていて肌の露出自体は少ないのだが、黒の水着によって人形のような色白でキメ細かい肌がよく映えるので、いつも以上に魅力的に思えた。

「……ち、ちーちゃん。この水着、似合ってますか……？　あたしにはえっちすぎる気がして、ちょっと不安で……」

「いやいや、えっちなの最高だよ！　その格好で同世代の男の子をナンパしてみ？　即で何十人も釣れるからさ！」

「お前は妹に何をさせようとしてるんだ！」

「けど、晋ちゃんも似合ってると思うでしょ？　さっきも分かりやすく照れて、目を泳がせちゃってたくらいだし」

「まぁ、似合ってるとは思うけど……」

「兄貴の感想は興味ない！　てか、妹の水着姿で鼻の下を伸ばすとかキモすぎる！」

「鼻の下は伸びてねぇよ！」

「そうだよ、結乃ちゃん。晋ちゃんが伸ばしてるのは水着の下だしさ」

「間違いを間違いで訂正するな！」

「……兄貴。妹をそういう目で見てるのって、どうかと思うよ……？」

「せめていつもみたいに怒鳴りつけてくれよ！」

蔑んだ目をしながら、ガチなトーンで言うのはやめてくれ……。ていうか、誘導されて答えたらこの反応とか、一体どうしろと……？

「……」

そんな僕達のやりとりをぼんやりと見つめている静音の姿が、ふと視界に映った。彼女は会話には一切入ってこようとせず、浮かない顔で静かに俯く。

水着姿を見られるのが恥ずかしくて黙ったままなのかとも考えたが、表情を窺うにそういうわけでもなさそうだ。

「静音、どうかしたのか？」

「……ううん、どうもしない」

静音の様子が気にかかり、プールに入る前に直接話を聞いてみようと声をかけるが、本人は平静を取り繕って否定する。

しかし、そう言う彼女の表情にはやはり陰があり——どこか寂しげに見えた。

プールサイドにレジャーシートを敷いて場所取りを済ますと、千登世と結乃はここの目玉である流れるプールへと早速駆けていった。

「静音は行かないのか？」

「……私はいい」

レジャーシートの上でうずくまるように膝を抱えながら、静音は答える。そんな彼女の隣に腰を下ろし、僕は久々のプールにはしゃぐ二人の背中を眺めた。

「晋助こそ、行かなくていいの？」

「僕もいいよ。今は日光浴したい気分だからな」

「トーストにでもなりたいの？」

「こんがり焼けそうな天気ではあるけども」

今日は何をせずとも汗がタラタラと流れてしまうほどの快晴で、朝の天気予報によると七月一番の猛暑日となるらしい。

日焼け止めを塗ってはいるものの、レジャーシートから一歩出た先の火傷（やけど）しそうなくらい熱されたコンクリートを見ていると、しっかり効果が出るか心配になってくる。

「もしも私を気遣って残ってるなら、構わず行っていいよ」

「気遣ってるつもりはないよ。……ちょっと、気になってるだけだ」

「何を……？」

静音は僕に顔を向け、首を傾ける。

「朝起きてからここに来るまで、ずっと口数が少なかった理由だよ。千登世と結乃が気付いているかは分からないし、単純に僕の勘違いかもしれないけど……」

口数が少ないというのは、あくまで僕の感覚だ。静音は元々たくさん喋るような性格ではないし、普段と今日の様子を比べても大きく差があるわけではない。

ただ、僕の言葉に彼女は小さく口を開いて、目を丸くした。

「何だよ、その表情は」

「……驚いた。このまま眼球が溢れそう」

「それは今すぐ押し戻してくれ」

静音は正面に向き直ってぎゅっと目を瞑り、数秒かけてゆっくりと開く。

「私の事、よく見てくれてるんだね」

「……まぁな」

横から見た静音の瞳は微かに潤み、彼女はそれを隠すように指先で優しく拭った。

「……今日、悪い夢を見た」

「悪い夢……？」

「そう。何年も前に経験した嫌な出来事を、夢で見たの」

「……だから、いつもより元気がなかったのか」

その悪い夢……過去の嫌な出来事というのが一体どういうものだったのか気になりはするが、これは僕から訊くべきではないだろうと思い止まる。

静音の過去を今以上に深くまで知りたい気持ちはあるものの、それは彼女の心に良くない刺激を与えてしまう事になりかねない。

「プールに入らないのも、悪い夢のせいで気分が乗らないから……ってわけか」

「ううん。それとこれとは全くの別件」

「え、そうなの……？」

僕の質問に静音は首を横に振ると、上着越しで左手首に右手を置いた。てっきりその夢のせいだと思い込んでしまっていたが、意外な返答が来て少々困惑してしまう。

だが、僕は彼女の仕草から、数秒とかからず訳を理解した。

「もしかして……手首の傷を気にしてるのか？」

そう問うと、今度は首を縦に一度コクリと振った。

静音の左手首には、数年前に付けたリストカットの傷痕が残っている。

とはいえ、彼女の場合は傷口が真っ赤に腫れているわけではなく、うっすらと白い線が残っているだけだ。近くから注目して見ない限り、そこまで目立たない。

プールに入っている時は体を動かしているし、腕も水の中にある事が多くなるだろうから、そんなに気にする必要もないように感じるが……。

「……私は別に、リスカの痕を他人に見られても何も感じない」

表情から僕の心情を察してか、静音はボソリと声を発した。

「けど静音は、今までずっと長袖を着て過ごしていたよな……？　それって、他の人に見られないように隠していたんじゃないのか？」

「長袖を着てるのは、パパ活をしていた頃の名残。傷痕があると相手からの印象が悪くなるらしいから、一応隠してた。でもパパ活を辞めた今、本当なら隠す必要もない」

「だったら、どうして傷痕を気にしたりなんて……」

「……だって」

静音はヒクッと鼻を鳴らし、喉から声を絞り出す。そして、過去にした自分の行為を呪うかのように、左手首を右手で強く握りしめ、

「もう……晋助にだけは、見せたくないから……っ」

ぽろぽろと、大粒の涙を落とした。

プールに入らなかったのも、暑い中で長袖を着続けていたのも、静音の僕に対する配慮だったのだと――察しの悪い僕は、ここでようやく気が付いた。

今では街で地雷系ファッションをした女子を目にしても特に動揺はしないし、リストカットの痕に対しては未だに抵抗はあるものの、以前よりも耐性は付いている。

しかし、静音からしてみれば――僕が元々避けていたその手首の傷痕は、二度と僕の目

に触れさせたくないものになっていたのだろう。

「……ごめんな、静音」

一人泣き続ける彼女の背中に、僕はそっと手を這わせる。

「お前がそんなに思い悩んでたなんて……僕のためを想って手首を隠してくれてたなんて、知らなかった。気付けなくて……ごめん」

「晋助は何も悪くない……だから、謝らないで……。私が勝手に、晋助に嫌われないように、って……拒絶されないようにって、隠し続けてただけだから……」

静音の体はひどく震え、呼吸は激しく乱れてしまっていた。彼女の背中に触れている掌からは、今まで抱え込んでいたであろう不安と後悔がヒシヒシと伝わってくる。

「静音。顔……上げられるか？」

「……ん」

溢れた涙を上着の袖で拭うと、静音は顔を上げて僕と視線を合わせる。

僕は背中から掌を離し、彼女の左手を包み込むように両手で持った。

「これからは……もう、隠そうとしなくていいからな」

「……っ。でも、それだと……」

「リストカットの傷痕をまた見たとしても、静音を嫌いになんてならないよ。それに、拒絶だってするわけない。……だから、安心してくれ」

　上着の袖に視線を落とし、「めくってもいいか？」と許可を取る。すると静音は心を落ち着けるように黙り込み、しばらくすると小さく頷いた。

　僕は静音の袖をめくり、手首の傷痕を視界に映す。

「『通い妻契約』を結んだ時……条件を追加したの、覚えてるよな」

「……うん、覚えてる」

　静音に提示した条件の一つ――自傷行為をしない。自らの手でこれ以上は自身を傷付けてしまわないよう、契約を結ぶ条件として僕はそれを付け加えた。

「勿論、静音にはもうリスカなんてしてほしくないし、傷を付けないで済むようにサポートもする。……けど、過去の傷まではどうする事もできない」

　過去に付けたこの傷痕は、静音の人生に今後も残り続けてしまう。

　治療をすれば傷を今より目立たなくする事もできるかもしれないが、仮にそれで完璧に消せたとしても、「リストカットをした」という事実をなくす事はできない。

「だとしても、僕はそれも含めて……静音を受け入れるつもりだから」

　過去の傷痕やその行為をしたという事実が消えないのなら、今までの全てを許容してしまう以外に、選択肢は残されていない。

　きっと数ヶ月前の僕であれば、その選択をする事はできなかっただろうし、そもそも問題に向き合おうとすらしていなかっただろう。……でも、今は違う。

今の僕であれば、ありのままの静音を——自分を変えようと必死にもがき続けている彼女を、真正面から向き合った上でその過去ごと受け入れられる。

「それに、たとえ静音が今後また自傷行為に走るような事があったとしても……僕はお前の事を、見捨てたりなんかしないよ」

静音は顔を掌で覆い、表情を見られないよう咽び泣いた。僕は彼女の頭を優しく撫でながら、言葉を続ける。

「あとさ、不安や悩みがある時は……僕にも話してくれないか？　無理にとは言わないし、言い出しづらい事もあるだろうけど……お前の気持ちは、できる限り知りたいんだ」

「……うん、わかった」

目元に当てていた掌を頰へとずらし、静音は僕の表情を潤んだ瞳でジッと覗く。

「なら……晋助。不安や悩みではないけど、私の気持ち……言ってもいい？」

「おう。何でも言ってくれ」

「……私、晋助が結乃の水着姿を見て『似合ってる』って褒めてた時……すごく、羨ましかった。でも……あの時は傷痕を見られるのが怖くて、これを脱げなかった」

静音はその場で立ち上がり、上着を脱いだ。

「本当は晋助に……水着を着ている私を、見てほしかったの」

水着姿になった彼女は僕の前でくるりと一回転し、同時にふわっとフリルが舞った。そして下のレース部分を指で摘み、頬を赤くしながら僕に問いかける。

「ねぇ、晋助。この水着……似合ってる？」

「ああ、よく似合ってるよ」

「……うん。ありがとう」

静音は僕の感想を噛みしめるように深く頷くと、安心したように——それでいて少し恥ずかしそうに、「にへへ」と笑みを溢した。

「よし。それじゃあ、そろそろ僕達も行くか」

「……？　行くって、どこに？」

「え？　いやいや、そりゃプールに決まってるだろ？」

「……私、プールにはどちらにせよ入る気ない。メイクが崩れるし」

え、えええぇ……？

思いも寄らなかった静音の言葉に、僕は心の中で戸惑いの声を上げた。

「プールに入ろうとしなかった理由って、手首の傷痕を僕に見せたくなかったからじゃなかったのか……？」

「別にそれだけとは言ってない」

確かに言ってはいなかったけど……。

静音は上着のポケットをゴソゴソと漁って小さな鏡を取り出すと、涙でメイクが崩れていないかの確認を入念にし始める。

「プールに入るつもりがないのに、よく昨日はここに来るのに賛成したな……」

「晋助が昔過ごした場所だから、っていうのが大きい」

「……どういう事だ？」

「思い出の場所を共有すると、そこに自分も昔いたみたいに思えるから」

鏡と向き合いながら、静音はそう答えた。

「九条先輩や結乃と違って、私は晋助の過去を知らない。けれど、晋助が見てきたものに私も触れて、そこで感じていた事を想像すると……もっとよく、晋助の事を知れる気がする。そうしたら、友達じゃなかった期間も埋められるんじゃないか……って」

なるほど……と、静音がプールに来た理由に、妙に納得できてしまう。

「静音も、僕と同じだった……ってわけか」

僕が「静音の過去」を今より深く知りたいと思っていたように、彼女もまた「僕の過去」をよく知ろうとしてくれていたのだ。

僕の溢した独り言に、静音は「それって……」と口を開く。——が、その時。

「おーい、二人ともー？」

正面を向くと、そこには流れに身を任せてドーナツ型のプールを丁度一周してきた千登世と結乃が、プールの側面から顔を出して僕達を覗いていた。

「そんなとこいないで、一緒に泳ごうよぉー？」

「つ、冷たくって最高ですよ……っ！」

千登世は僕達のもとまで声が届いた事を確信すると、右腕を掲げてパタパタと手招きしてくる。隣の結乃も口の横に手を添えて、僕達に呼びかけた。

「あいつらもああ言ってるし、折角(せっかく)ここまで来たんだから、ちょっとくらいは入ってもいいんじゃないか？　流れるプールだったら顔も濡(ぬ)れなそうだしさ」

スライダーや噴水遊具で遊ぶなら間違いなく顔が濡れてしまうが、流れるプールはそこまで激しいものでもないし、気を付けてさえいれば大して濡れる事もないはずだ。

「……そうだね」

静音は僕の提案に数秒悩んだ後、ふっと口角を上げた。

そうして僕達は、千登世と結乃が待つプールへと足を進める。壁際に座ってプールに脚を入れ、冷たさを肌に馴染ませるようにゆっくりと上半身も水に浸けていき、

「でりゃああ！　擬似搾乳攻撃ぃいい！　……あっ」

直後、千登世が盛大にやらかした。

これが夜な夜な開発していたという、例の悩殺技だろう。彼女は右胸の近くで両手を組み、擬似搾乳攻撃――もとい、ただの水鉄砲を噴射した。

体の向きを見るに、千登世は僕を狙って悩殺技を放っている。だが、その照準はあまり

に大きく逸れてしまったようで、搾乳は静音の顔面に勢い良く直撃していた。

「……」

顔がびしょ濡れとなった静音は口を噤み、髪からポタポタと水滴を垂らしたまま千登世をジーッと見つめている。

「あ、あはは……。ごめんごめん、ちょっと乳の向きが悪かったみたいでさぁ……」

無言ではあるものの妙な威圧感を放つ静音に、千登世はたじたじとなりながら動揺を隠すように後頭部に手を当てた。

「……ねぇ、晋助」

怒気を帯びた彼女の声に肩が小さく震え、自然と背筋が伸びる。

「お、おう。えっと……大丈夫か？」

「うん、大丈夫。……もう、濡れても大丈夫」

静音は一歩一歩、千登世にその身を寄せていく。千登世は彼女の迫ってくるペースに合わせて少しずつ後退し、そのうちに壁際まで追い詰められ、

「ど、どうしてそんな怒って……いや、ごめん！　一旦話し合おう……っ！　うん、売店で何でも奢るからさ！　だから、もっと笑って笑ってぇええええんぼぼぼぼぉ……っ！」

水中に潜った静音に足を引かれ、溺れかけながらの悲鳴を上げた。

僕の隣に避難してきた結乃は、そんな二人の様子に顔を強張らせる。

「……静音さん、怒らせたらダメなタイプの先生になりそう」

「ああ、同感だ。……けど」

水中から飛び出してきた二人の表情に、思わずクスッと笑ってしまう。

「子供に好かれる先生にも、静音はなれると思うよ」


「ふぅー……。あっそび疲れたぁーっ！」

千登世はレジャーシートに腰を下ろすと、売店で買ってきたチュロスを口に咥え、手を後ろについて伸び伸びと脱力する。

「あの……あたしにも買ってくれて、ありがとうございます。入場料も払ってもらったのに、フードメニューのお金まで……」

結乃はチョコバナナの棒を両手で持ち、立ったまま千登世に頭を下げた。そんな結乃に彼女は掌を仰ぎ、ヘラヘラと笑う。

「いーのいーの、結乃ちゃんは大人に気を遣わなくって。アタシが高校生の頃なんて、しょっちゅう晋ちゃんにたかってたよ？」

「年下にたかるなよ」

実際はたかられた回数以上に、僕も奢ってもらっていたのだが。

「でも、本当にいいのか？　結乃の分だけならまだしも、水着代を含めて僕と静音の分まで払ってもらってるし……」

「言い出しっぺは他でもないアタシだしね。楽しい思い出を買ったと思えば、これくらいの出費は安いもんだって」

「いや、だとしてもなぁ……」

千登世は良い笑顔を僕に向けながら、親指を立ててグッドサインをしてみせる。しかし、それでも僕の心は少しモヤついてしまっていた。

プールの入場料とフード代、それと水着代……一人分であってもそこそこ値が張ってしまうというのに、丸々全員分を払ってもらうのはかなりの申し訳なさがある。

「……やっぱり、僕もちょっとは払うよ。さすがに出してもらいすぎだし」

「おっ、いいの⁉　やっりぃ、お金浮いたぁ！」

「数秒前までの良い笑顔は何だったんだ⁉」

立っていた親指がいつの間にか人差し指とくっ付いて、お金を表すハンドサインに変わっていた事に気が付き、僕は瞬発的に声を荒げた。

「やだなぁ、軽い冗談だって。ほらほら、晋ちゃんも静ちゃんを見習って、遠慮なくその肉棒を貪っちゃいなよ」

「ポークフランクと言え」

良くない勘違いを生みそうな千登世の一言を訂正し、僕は隣で黙々とかき氷を食べ進める静音に視線を向ける。

「やけに夢中になって食べてるけど、そんな一気に食べたら頭痛くならないか？」

「意外と大丈夫。晋助も食べる？」

「え……まぁ、一口くらい食べたいところではあるけど……」

僕はお金を出した張本人から許可を取ろうと、千登世にチラッと視線を戻した。すると彼女は、「どうぞどうぞ」と僕に掌を見せる。

「……ん、あーん」

千登世の許可を得ると静音はスプーンでかき氷をすくい、僕の口へと差し出した。

視界の隅には顔を真っ赤にしている結乃が映り、僕の頬もつられて火照ってしまう。

妹の前で女子に「あーん」してもらうのは新手の羞恥プレイのようではあったが、今になって「自分で食べる」と言うのも変に意識しているようで恥ずかしい。

「あ、あーん……」

僕は目を瞑って口を大きく開き、かき氷が口内に入ってくるのを待ち構えた。直後、舌がヒヤリと冷たくなり、ほのかに甘い香りが鼻に抜けてくる。

「美味しい？」

「ああ、ひんやりしてて美味しいよ」

「もっと食べる？　顔が赤くて、だいぶ暑そうだけど」

「いや、もう大丈夫だ！　これだけで十分！」

「……そう」

静音は残念そうに、唇を若干尖(とが)らせた。

「いやぁ、青春だねー。お姉ちゃん、初々しさで火傷(やけど)しちゃいそうだよぉ」

千登世は顔を手で仰ぎながら、ニマニマと笑みを浮かべる。

「お前、いくら何でも冷やかしすぎだろ……」

「冷やかした方が頬の赤みも取れるかな、って思ってさ」

尚更(なおさら)取れなくなるわ。

「にしても、こういう青春っぽい事って、見てると案外羨ましく感じちゃうもんだね。なんだかアタシも、晋ちゃんに『あーん』してもらいたい気分になってきちゃったよ」

「僕がされるんじゃなくて、千登世がされる側なのか？」

「それはそうだよ。試しにやってみる？　晋ちゃんはその場で立ったままアタシの後頭部に手を添えて、口の位置に合わせてポークフランクをスタンバるだけでいいからさ」

「何でそんな細かく要求を……って、しれっと何を要求してきてんだよ！」

「そりゃあナニだけど」

「そういう意味じゃねぇよ！」

こいつ、この場に結乃がいるのを忘れてないか？　一緒にいるのが静音や浩文(ひろふみ)ならともかく、妹の前でこういう話をするというのは教育上もよくないし……。

「――ねぇ、兄貴」

「うぉっ！　……ど、どうしたんだ？」

「反応キモ！　……まぁいいや。もう十七時になるけど、閉館までいるつもりなの？」

「あ、あー……」

いきなり結乃に話しかけられてつい動揺してしまったが、違う話か……。

幸い少し距離もあったからか、千登世との会話は聞かれずに済んだようである。もしも彼女の耳に入っていたら、昨日のように腹部を蹴り付けられかねない。

「そうだな……。もう十分遊んだし、僕は満足してるけど……二人はどうだ？」

「アタシも大丈夫かなぁ」

「私も、かなり疲れたから……」

どうやら全員遊び疲れているらしく、そろそろここを出る流れになりそうだ。

「ていうか、もう十七時になるのか。来たのが十二時頃だったから、もう五時間近くここにいたんだな……」

「楽しい時間って、過ぎるのはあっという間だよねぇー。……あれ、そういえばここの閉館って何時だったっけ？」

「えっと、十八時です……っ」

「はっや！　まぁでも、屋外だとそんなもんかー。次いつ来れるか分からないし、閉まる前に焼きそばも食べとこうかなぁ……」

「飯の時間も近いんだから、今食うのは控えとけよ」

今日はプールを出た後、車で何十分か移動した先にあるショッピングモールで、夜ごはんを食べる予定となっていた。

千登世は「それもそうかぁ」と、売店に向けて出しかけていた足を引っ込める。

「あ……そうだ、晋ちゃん。十七時と言えばだけど、今って浩文君の補講が丁度終わったくらいの時間じゃない？」

「ああ、言われてみればそうだったな」

「いやぁ……一緒に遊ぶかもしれなかったのに、時間を聞いてようやく思い出したよ。完全に今まで存在ごと忘れてたしさ」

「存在ごと忘れてやるな」

あれだけ千登世を慕っているというのに、浩文が段々と不憫（ふびん）に思えてきた。かくいう僕も、さっきまであいつの事は頭から抜けていたけれど……。

「どうせ暇してるし、一人補講を頑張った浩文君にサービスでもしちゃう？」

「サービス……？」

「折角の水着だからね。たまには良い思いをさせてあげるのもいいかなぁーって」

「それって、女子三人の写真を撮って浩文に送る……とかいう意味か？」

「いや、晋ちゃんのソロだよ」

「サービスに需要がなさすぎる！」

「えー、需要しかないと思うけどなぁ。ねぇ、二人とも？」

千登世は勢いを付けて「よっ！」っとレジャーシートから立ち上がると、静音と結乃に同意を求めた。

「いや、兄貴の水着姿なんて毛ほども興味ないです。こうして直接見ているだけでも、物凄(ものすご)く不快なのに」

「えー、そんなにぃ？　なら、不快感を与えないためにも水着は脱いじゃおっか」

「僕を真っ裸にさせる気か!?」

さらに不快になるナニを晒(さら)させようとするな。

「……私は需要あると思う。スマホの壁紙にしたら金運が上がりそう」

「僕にそんなご利益はねぇよ……」

あったらすでに自ら壁紙に設定している。つか、浩文が僕の水着姿を壁紙に設定していたら、だいぶ気色悪いだろ……。

「んー。そこまでソロが嫌なら、仕方ないしみんなで撮る？　晋ちゃんが真ん中で、ハーレムっぽい構図にしてさ」

「写真を送るならそれがまだマシだけど、僕だけ反感を買うだろうな……」

浩文へのサービスというか、もはや単なる煽り行為だ。このままいくと前に話していた通りに彼のスマホがヒビ割れし、冗談が現実となってしまいそうである。

「だったら、写真はやめてビデオ通話をかけてみるのもありかも。後から晋ちゃんの写真がオカズにされる心配も、これならないし」

「誰もそんな心配はしてねぇよ」

どちらにせよ、浩文から反感を買ってしまう問題は一切解決していない。

しかし、千登世はそんな心配なんてお構いなしに早速スマホを手に取って、ラインを起動させると僕達を手招いた。そして、彼女のスマホからはコール音が流れ出し——

『く、九条先輩！　俺のスマホ画面に九条先輩のご尊顔が……ッ！』

ほぼ同時に、その音は浩文の声へと切り替わった。

「やっほー。補講はどうだった？」

『うぉおおおっ！　喋った……九条先輩が喋ったぞッ！』

「初めて子供が喋った瞬間かよ」

せめて会話を成り立たせろ。

『この声……晋助も一緒か。なんだ……』

「『なんだ』とは何だよ、失礼だな」

スマホの画面を覗き込んで、ビデオの端に映るようひょっこりと顔を出す。

『いや、九条先輩と晋助がまだ埼玉にいるのは知ってたけどよ。補講で疲れた俺を気遣って、九条先輩がお前に隠れて連絡してきたって夢を一瞬見ちまってさ……』

「そりゃあ悪かったな。……で、千登世も訊いてたけど補講はどうだったんだ？」

『最悪も最悪だわ！　つか、晋助が女子に囲まれてキャッキャウフフと楽しんでる姿が何度も頭を過って、その度に最悪の基準がアップデートされていったぜ……ッ！』

これはかなり、僕に対するヘイトが溜まっていそうだ。この状態の浩文に「みんなでプールに来てる」と告げるのは、一種の自殺行為のようにも思えてきた。

『そういやぁ、静音ちゃんとは一緒にいないのか？　見たところ、どっか外に出かけてるっぽいけどよ』

「あー、それな……」

通話をしたからには避けられない話題を、ついに浩文から振られてしまう。僕はどう言い逃れをしようかと考えているうちに口ごもってしまい、画面から目を逸らした——が、

「アタシ達、今はプールに遊びに来てるんだよぉー」

僕に代わって、千登世は能天気にそれを伝えてしまう。

スマホを持ちながら腕をまっすぐ伸ばし、彼女は自身の水着姿を見せびらかすようにしてカメラ目線でひらひらと手を振った。

『あが……っ』

浩文は大きく目を見開いて、言葉にもならない声を喉から漏らした。

『……もしかして、静音ちゃんも水着でいるのでしょうか？』

「うん、目の前にいるよー」

千登世はインカメラを外カメラに切り替え、正面に佇む静音を画面に映す。

『あがが……っ』

「それで、その隣にいるのが晋ちゃんの妹ちゃん！」

『あががガァアアアアア――ッッ！』

突然カメラを向けられて戸惑っている結乃の姿が画面に映し出された途端、浩文は自我が崩壊してしまったかのように叫び声を上げた。

どうやら、補講で疲れ果てた浩文の脳には刺激が強すぎたらしい。

『……晋助』

「ど、どうした？」

『お前、そこから離れるなよ……』

「え……？　それ、どういう意味で……」

『俺が到着するまで、そこのプールにいろよコンチクショォォオオ！』

「おい、浩文……っ⁉」

「……あ、晋ちゃん。通話切れた」

浩文とのビデオ通話は、彼の叫び声の途中でブツンッと切れてしまった。

「どうする？　浩文君、本当に来ちゃうかもよ」

「さすがに来ないだろ。ノリで言ってるだけだって」

これで本当に来たら、ただの大馬鹿野郎だ。

「いやぁー、にしてもよかったね。浩文君、サービス喜んでくれたみたいで」

「あれは喜んでるうちに入るのか？　最後の方なんて、壊れたおもちゃみたいに口から物騒な音を出してたけど……」

「細かい事は気にしないっ。それじゃ、そろそろプールを出よっか！　閉館間際になると、更衣室も混んできちゃうだろうしさ」

そうして僕達はレジャーシートを片付けて更衣室に戻り、夜ごはんを食べに向かうべく車へと乗り込んだ。

☆

段々と日が落ちて夜に近付いていく空の下、僕達は千登世の運転で目的地であるショッピングモールに移動した。

ここは近隣地域で最も大きな商業施設で、地元民だけでなく他県からもわざわざ足を運ぶ人がいるほど、名の知れた買い物スポットだ。

施設は横長の三階建てで、日用品にインテリア、ファッション、フード、雑貨に娯楽系ショップ、さらには映画館と、様々なテナントが入居している。

モール内は開店から閉店まで常に混雑していて、特に土日祝日は駐車場に車を停めるだけでも一苦労なほどとなっていた。

今日は平日という事もあって、休日に比べれば幾分か人は少ない。しかし、世間は夏休み真っ只中でもあるため、モール内はたくさんの中高生で賑わいを見せていた。

そんな中、ある一組のカップルが目に留まる。

まだ幼さの残る顔立ちと背丈からして、おそらく中学一年生くらいだろう。初々しく手を繋ぎながら、彼らは幸せそうに通路を歩いていた。

「兄貴、何ぼーっとしてるの？」

前を歩いていた結乃から振り向きざまに声をかけられ、僕の意識はようやく現実へと引き戻される。

「あ、ああ……ごめん。それで、何の話だっけ？」

「もう、やっぱ聞いてない！」

ムッと眉間に皺を寄せ、結乃はご機嫌斜めのまま正面を向き直した。

「怒らない、怒らない。んで、晋ちゃんはどうしたい？　夜ごはんを食べるにはまだ早いし、もう少ししてからフードコートに行こうって話になってるんだけど」

不貞腐れた結乃をなだめながら、千登世は改めて僕に用件を伝える。

「ああ……僕は時間を空けても構わないよ。一人暮らしを始めてから、夕飯は今よりもっと遅い時間に食べる事の方が多くなってるし」

「なら、全員同意って事でもう少し時間を空けよっか。みんな、ごはんの時間まで何がしたいとか意見はある？」

「……あ。だったら、ゲームセンターとかどうですか……？　最新のプリ機が導入されたみたいなので、みんなで来た思い出にでも……」

「おっ、それはなかなかありだねぇ。そんじゃいっちょ、アタシ達の力でランキング上位を独占しちゃおうか！」

「プリクラにランキングとかあるんですか……？」

「可愛さの優劣で格付けとかされないの？」

「そんな殺伐としたプリクラは存在しないです！」

行き先がひとまずゲームセンターに決まると、千登世と結乃はプリクラの話題で盛り上がり始めた。どうやらこの流れだと、僕も強制参加させられるハメになりそうだ。

「……晋助、体調でも悪い？」

二人の会話が盛り上がりを見せている最中、隣を歩いていた静音にちょんちょんと肩をつつかれ、僕は彼女に視線を向ける。

「いや、大丈夫だ。プールで遊びすぎて、ちょっと疲れてるだけだよ」

「ならいいけど……無理はしないで」

「心配せずとも元気だって」

久々のプールで多少疲れはしているものの、体調が悪いというほどではない。

それにもかかわらず、僕がついぼーっとしていたのは、過去の記憶を思い出してしまっていたからだ。

このショッピングモールは、中学一年生の頃にできた恋人と――人生で初めて関わりを持ったメンヘラ女子とのデートで、訪れた場所だった。

ここは家からそれなりに近い事もあって、元カノだけでなく家族や友達とも数え切れないほど足を運んでいた、馴染(なじ)みのショッピングモールである。

しかし、この通路を歩いていると、他の誰かとの思い出で何度上塗りしようとも、脳の奥底にこびり付いた記憶がふとした瞬間に掘り起こされてしまう。

さっきもそうだ。名前も知らないカップルの仲睦(なかむつ)まじそうな姿が、どこか過去の自分と重なって瞳に映っていた。

そんな場所に今、僕は元カノとは違うメンヘラ女子と――琴坂(ことさか)静音と共にいる。

メンヘラ状態に陥っていた元カノを救えなかった後悔から、彼女と同じ特徴を持ち、家庭に事情を抱えていた静音を救わせてほしいと、僕は手を差し伸べた。

傍から見れば、これは元カノに対して未練があるからこその行動だと思われてしまいもするだろう。だが、決してそういうわけではない。

元カノに対する恋心なんてとうの昔に消えているし、僕の中に残っている元カノへの感情は「救えなかった後悔」だけであり、もう一度会いたいとも思わない。

ただ、こうして静音と横に並びながら歩いていると——あの頃の幸せな感情が、僕の胸の中で次々と蘇っていくようだった。

この心が浮くような心地よさは、きっと彼女への依存から生じたものだろう。

これまでであれば不意に過去を思い出した時、心臓をゆっくりと握り潰されるかのように、後悔の痛みに苛まれていた。

それが今は、静音が隣にいてくれているおかげで、僕の心は乱れずに済んでいる。

彼女の存在がすでに心の支えとなっている事を、僕は改めて実感した。

「……静音、ありがとうな」

「え……？　体調が悪そうだったから声をかけただけで、私は何も……」

「その事じゃなくって……いや、こっちの話だ」

「……？」

口をついて出た感謝の言葉に、静音は戸惑いながら首を傾げた。

結乃の提案でゲームセンターに到着した僕達は、フロアの三分の二を占めているクレーンゲームコーナーをするりと抜け、目的の場所までまっすぐに足を進めていく。

「わぁお、プリクラって意外とたくさん種類があるんだねぇ！」

数台のプリ機を一台ずつ見比べて、千登世は目を輝かせた。

「だいぶ興奮してるけど、今までプリクラを撮った事がないのか？」

「あっ、その感じ……アタシをプリクラビギナーだと思って馬鹿にしてるね？　かなり昔だけど、一度だけ撮った事はあるよ。どっかのコンビニ前で」

「別に馬鹿にはしてないけど……てかそれ、証明写真だろ」

多少の加工機能は付いていた気がするけども。

「ところで、そう言う晋ちゃんはプリクラ撮った事あるの？」

「いや、僕もないな。男友達となんとなく撮ろうとした事はあったけど、その店は男だけでの使用が禁止だったから、結局撮れずに終わったし」

「男……だけ……？　え、晋ちゃんは……？」

「お前はちょいちょい僕を女としてカウントするな」

プリクラ機は盗撮やナンパなどを防止するため、コーナー自体に男性のみで入る事を禁じているゲームセンターがほとんどだ。男性だけで問題なく入場できる店舗もあるにはあるようだが、基本的には女子と一緒でなければ足を踏み入れる事すら許されない。

「なんか、意外です……。兄貴は拗らせの一生独り身だから撮る相手がいないのも仕方ないけど、ちーちゃんは友達がいっぱいいるのに、撮った事がないなんて……」

「流れるように僕を罵るなよ……」

「アタシは友達多いっちゃ多いけど、大体が『よっ友』だからさ。仲良い子達も写真を撮るってなったら加工アプリで済ませちゃうし、なかなか撮る機会がね」

「確かに最近のアプリなら、プリクラと同等かそれ以上に顔を変えられるしな」

「そうなんだよぉ。アタシは何気に、ずっと撮ってみたかったんだけどね。ちなみに、静ちゃんはプリクラって撮った事ある？」

「私もない」

　静音は間髪いれず、千登世からの質問に答えた。想像通りではあったし、撮った経験のない僕が言うのもおかしいけど、ちょっと切なく感じる。

「ま、まぁ……それはそうと、結乃はどれで撮りたいとかあるのか？　僕達は機種の違いとか分からないし、経験者のお前が決めちゃえよ」

「……え、経験者？」

「え……違うのか……？」

「あたし、友達いないから……」

どんよりとした最悪な雰囲気が、一瞬にしてプリクラコーナーに立ち込める。結乃が人見知りでまともに友達を作った事がないのを、すっかり忘れていた……。

自らこれを提案したのは、誰かと一緒にプリクラを撮る事への憧れからだったのだと僕は今更になって勘付くが、それももはや遅い。

結乃はその場で俯(うつむ)いて、しゅんと肩を落としてしまう。だが、そんな彼女に静音は一歩近付き、そっと腕を掴(つか)んだ。

「じゃあ、この『最新』って書いてある機種に入ろう」

「え……っ、あの……静音さん……!?」

そのまま結乃の腕を引いて手前のプリ機にお金を入れると、彼女に確認を取りながら投入口の上にあるタッチパネルを操作して、撮影の準備を始める。

「結乃は、どうして友達がいない事を気にしているの？」

「そ、それは……友達といた方が楽しそうですし……一人は、寂しいから……」

「うん、私もそう思う。友達といた方が楽しいし、一人は寂しい。けど、学校で友達ができなくても、気に病む必要はない。そこ以外の場所でも、友達はできる」

一通りの設定を終えた二人は撮影ブースのカーテンをくぐり、僕と千登世も彼女達の背中を追うようにして慌てて中へと入った。

「結乃は私の事、今はどう思ってる？」

「あたしが、静音さんをどう思ってるか……ですか……？」

静音は表情を変えず、淡々とした口調で質問を投げかける。結乃はその問いに少し悩んで、どこか気恥ずかしそうに口ごもった。

そして、撮影開始のアナウンスがブース内に流れ出す。そんな中、結乃の表情をジッと見つめていた静音は、ふっと笑みを溢した。

「私は少なからず……結乃はもう、友達だと思ってる」

そう彼女が告げてすぐ、音声が僕達にポーズを指定する。

結乃は一瞬驚いたように目を見開いたが、音声がシャッターを切るまでの秒数を読み上げ出すと、頰を微かに緩めた。

シャッター音が鳴り、画面に一枚目のプリクラが表示される。

「……うん。可愛く撮れてる」

そこに映された結乃の表情は――さっきまでの落ち込みようがまるで嘘だったかのように、晴れやかな笑顔へと変わっていた。

☆

プリクラの撮影後――僕達は行くあてもなくショッピングモール内を見て回り、フードコートが空いている時間を見計らって食事を済ませた。

しばらくはフードコートでまったりと時間を過ごし、時刻が二十時を過ぎた頃、千登世は僕達三人を乗せてまっすぐ実家へと車を走らせる。

昨日は静音と千登世が僕の実家に泊まったが、静音の「二日間もお世話になるのは申し訳ない」という話から、今日は千登世の実家に泊まる事となっていた。

僕と結乃は愛垣家の門前で先に降車し、あとの二人は徒歩五分の距離に位置する九条家へと向かう。

部屋の扉を一人くぐると疲れがどっと体にのしかかり、入浴後にイラスト練習をこなすと、僕は泥のように眠りについた。


「ねぇ、どうして昨日のうちに準備しとかないの⁉」

「だから謝ってるだろ！　もう少しだけ待ってくれ……っ」

「もう二人とも来てくれてるんだから、さっさとしてよ！」

翌日――実家を出る時間ギリギリになって目を覚ました僕は、結乃に急かされながら部屋の中をバタバタと動き回り、帰りの準備を整えていた。

「静音、千登世……っ！　遅れて悪かった！」

「そこまで待ってないから平気だよー。電車はまだまだあるしさ」

「うん、気にしないで。待ち合わせ場所にはいるんだから」

「そりゃ、待ち合わせ場所は僕の実家だからな……」

ようやく荷物をまとめ終えて駆け足で玄関に向かうと、十数分も待たされたにもかかわらず、二人は特に怒っていない様子で僕を迎え入れた。

「晋ちゃん、だいぶ慌ててたけど忘れ物はない？」

「多分な。後になって気付いたら、結乃に郵送してもらうよ。埼玉から東京までなら、送料もそんなにかからないだろうし」

「そうだ。結乃ちゃんにお別れの挨拶したかったけど、今って忙しいのかな？」

「ああ、ちょっと忙しいかもな。今は朝飯の後片付けをしてくれてるみたいだし」

「夏休みなのに感心だねぇ。アタシが高校生の頃は家事なんて全て親に任せて、目の前でエールを送るだけだったのに」

「エールを送る暇があったら手伝ってやれよ」

千登世と話しながら靴の紐を結び、立ち上がるなり踵を軽く鳴らす。

「よし、それじゃあ行くか……。結乃っ、僕達もう出るからな！」

リユックサックを背負った僕はリビングにいる結乃に聞こえるよう声を張り、玄関の扉に手を触れた。

「――ちょっと待って！」

直後、リビングから声が返ってくる。それとほぼ同時に、パタパタと床を慌ただしく踏む音が、僕達の方へと近付いてきた。

「あ……それ……」

玄関に姿を現した結乃の服装を目にして、静音は小さく口を開く。

結乃が身に着けているのは、誕生日に静音が贈ったチェック柄のエプロン。トップスの上からそれを掛けて、彼女は家事の手伝いをしていた。

「そのエプロン、着てくれてたんだ」

「あ、当たり前じゃないですか！　これからも大切に着させてもらいます……っ！」

「そう。……よかった」

静音は安心したように、ホッと息を吐く。だが、そんな彼女とは対照的に、結乃は若干表情を強張らせて、どこか落ち着かない様子でもじもじと指を絡ませていた。

「……どうかした？」

何かを言いたげな結乃に気が付いて、静音はわずかに首を傾げる。その声に結乃はぎゅっと拳を握り、意を決したようにすっと息を吸った。

「あの、あたし……静音さんと知り合ったばかりなのに、こんな可愛(かわい)いエプロンを貰(もら)って、勉強も教えてもらって……貰ってばっかかで、何もお返しできてないな……って」

結乃は自分の思っている事を、途切れ途切れに声に出す。そしてエプロンの正面に付いているポケットに両手を入れ、そっと何かを包み込んだ。

「これ……つまらない物ですけど、静音さんに受け取ってほしくて……」

静音の前に差し出されたのは、黒猫のマスコット。

「この黒猫……もしかして、結乃の手作り？」

「はい……。誕生日に兄貴から貰った本に、作り方が載っていたので……」

僕が結乃に渡した誕生日プレゼント——それは、マスコットの作り方が書かれた初心者向けの手芸本だった。

タイミング的に昨日帰ってきてから、一人で黙々と作業をしていたのだろう。

静音は結乃からマスコットを両手で受け取ると、状況を呑み込むようにそれをジッと眺めていた。

「えっと、あの……あたし、まだ手芸を始めたばかりで、全然上手くないですし……いらなかったら、全然兄貴にでも押し付けて構いませんから……っ！」

数秒の沈黙の間に心配が募っていったらしく、結乃は目を泳がせながらあたふたと両手を左右に振った。——しかし、静音はそんな事は微塵も思っていない。

「……嬉しい。私も、大切にする」

彼女は結乃の目を見て、まっすぐ気持ちを伝えた。

そのまま静音は「……けど」と、言葉を続ける。

「私はここに来て、結乃からは十分すぎるくらい、たくさんの思い出を貰ってる。本当はお返しなんて、気にしなくていい」

マスコットを胸に寄せ、静音は優しく微笑んだ。

「次に会う時は『晋助の友達』じゃなくって、『結乃の友達』として会おう。……その時に貰いすぎたお返しの分を、私からも返させて」

その言葉に結乃はパッと明るい笑顔を咲かせ、大きく頷いた。

どうやらこの出会いは、静音と結乃——お互いにとって、大きな意味を持つものになってくれたようだ。

そうして僕、静音、千登世の三人は、結乃とお別れの挨拶を交わすと玄関の扉を開いて、最寄駅を目指すべく実家の門を抜けていった。

「——ちょっと待てぇぇえええええ！」

その時、怒号とも言えそうな雄叫びが、遠くの方から僕の鼓膜を震わせる。

声の聞こえてきた方向に視線を向けると、フルフェイスのヘルメットを被ってバイクに跨がる、一つの影があった。

夏休みの住宅街で声を荒げるバイク乗り——僕はその相手を不審者かと思い、実家に一旦引き返そうとするが、よくよく思い返せばその声には聞き覚えがある。

「あ、こっちこっち！　バイクなのに意外と遅かったね、浩文君」

「ひ、浩文……っ!?」

「……本当に来た」

隣で能天気に手を振る千登世に、今度は僕が声を荒げた。静音はフルフェイス男をどこか呆れたように見つめながら、ぽつりと呟く。

確かに、あのバイクにも見覚えがある。彼はエンジンをふかしてバイクを僕達のもとへ走らせると、ヘルメットを外して僕に詰め寄った。

「おいおい、マジで浩文なのかよ……」

「当然だ！　俺以外に誰がいるってんだよ！」

浩文はグイッと僕に顔を近付け、ご立腹な様子でキリキリと歯を鳴らす。

「それで、お前はどうしてこんな所にいるんだ……？」

「おま……っ、昨日通話で伝えただろ⁉『俺が着くまでプールにいろ』って！」

そこまで言われて、ようやく思い出した。

冗談だと思って聞き流していたが、まさか本当に来てしまうとは……。そもそも、あの時間に大学からプールに向かったとしても、到着する頃には閉館してるだろ。

「ていうか、浩文はどうやって僕の実家の場所を突き止めたんだ？　地元がどこかは教えてたけど、住所までは教えてなかったよな……？」

「あ、家の場所はアタシが教えたんだよ」

勝手に実家の場所を教えるな。

「バイクに乗ってこっちに到着したはいいけど、プールの場所が分からないから連絡したのに、誰からも返信来ねーし……ハブか、俺は全員にハブられてたのか⁉」

浩文は若干半泣きになって、僕の両肩を掴むと前後に激しく揺らす。

「落ち着けって。ハブにはしてないし、連絡をしなかったのは単にスマホを見てなかっただけだから。……なぁ、二人とも？」

「うん。私も大半のメッセージはミュートにしてるから、気付かなかった」

「アタシは気付いてたよ。無視しちゃったけど」

「悪いのは千登世じゃねぇか！」

「いやでも、返信は昨日帰ってきてからしっかりしたよ？　一時過ぎぐらいに」

僕らが家に帰ってきたの、もっと早かっただろ……。

「……で、浩文は千登世から連絡が来るまでの間、どこで何をしてたんだ？」

「帰るべきか帰らないべきかも分からず、市内全体を徘徊してたわ。おかげでここら一帯に何があるのか、そこらの地元民より詳しい自信があるぜ……。連絡が来た後はネカフェで一晩過ごしたけど、隣のブースの奴の寝息がうるさくて眠れねーし……」

浩文の疲れ果てた顔が、ひどく憐れに思えてしまう。だが、彼は一筋の希望でも見出しているかのように、瞳を微かに輝かせた。

「んで、今日はどこに行くんだ？　九条先輩から聞いたけど、今日は電車に乗ってどっか行くんだろ⁉　昨日と一昨日で楽しめなかった分、今日は目一杯遊び尽くすぜ！」

「いや、帰るけど」

「……はい？」

「だから、電車に乗って東京に帰るけど……」

「ど、どうしてだよぉおぉおおおお――――ッ！」

　膝から崩れ落ちた浩文は、僕の服を摑んで悲しく声を上げる。

　その後、特に地元に来て何かするわけでもなく、バイクに乗ってどこかに去っていった彼の背中からは、夏の暑さも忘れさせてしまうほどの儚さが醸し出されていた。

☆

　二泊三日のお泊まり会を終えて電車に乗った静音達は、晋助のマンションへと戻り、夜が更けるまで三人で時を過ごした。

　終電間際になると静音は千登世と共に部屋を出て、最寄駅へと向かう。千登世は二つ前の駅で降車するため、そこからの帰り道は静音一人きりだ。

　一昨日から今までほとんどの時間を友達と過ごしていたからか、どうしようもない孤独感に道中苛まれる。

　晋助の部屋を出た後はいつも寂しいけれど、今日はこれまでの比にならない。ただ、それと同じくらいの満足感も同時に得られていた。

　一人になってこの三日間の思い出を遡っていくと、より痛感する。私はなんて、幸せな時間を過ごしていたのだろう――と。

　友達とのお泊まり会、温泉にプール、ショッピングモールでのプリクラ、学校やＳＮＳとは違う形で出会った友達――初めての経験の数々。

　思い出しただけで、口元が自然と緩んでしまう。心が満たされて、一生このまま余韻に浸っていたいくらいだった。

　しかし、その満たされた心は家が近付くにつれて、徐々に黒く淀んでいく。

　実家の窓から溢れる光が目に入ると、静音は足を止めてしまった。

　家に帰りたくない。この気持ちを、無下に扱われたくない。……とはいえ、引き返せば後でどれほど辛い思いをするのかも、彼女はよくよく理解できていた。

　どうにか一歩を踏み出して、静音は逃げ出したい気持ちに抗うように小走りで家の前まで進んでいく。

　玄関の前で立ち止まり、リュックサックの中から鍵を探した。旅行帰りで普段より荷物が多い事もあって、彼女は少々手間取ってしまう。――そんな時。

「……っ！」

　ガシャン――と、内鍵が解錠された。

あまりに唐突な出来事に静音は数秒固まってしまい、それとは反対に心臓だけはバクンバクンと打ち付けるように騒ぎ出す。

扉の先にいるあの人の姿がぼんやりと頭に浮かび、嫌な汗がツーッと額を伝った。

静音は震える手でノブを握り、恐る恐る扉を開きながら中を覗く。

「あ、あ……っ」

体の軸に電流でも流れたかのように、ブルリと全身が強張った。第一声を発する事すらままならず、玄関から一歩足を引く。

目の前には、スーツを着た一人の男。

彼は静音をジッと見つめ――優しくもおぞましい笑顔を、彼女に浮かべた。

「おかえり、静音」

ここはまだ夢の中で、悪夢の続きを今も見ているかのようだった。

薄暗い廊下に立っていた父の姿に、静音の表情はひどく歪む。

帰る時間はいつもと大して変わらないはずなのに、玄関でわざわざ帰りを待っているなんて、何かを疑っているのだろうか。

嘘をついて泊まりに出かけた事を悟られないよう、彼女は必死に平静を装った。

「ただいま、お父さん……」

口元の震えを噛み殺し、挨拶を返す。父から意識を逸らして表情を整え、強張る体を何

とか自然体に近付けた。

「目を見て挨拶してくれるなんて、珍しいね」

「……そう？」

「友達とのお泊まり、楽しかったかい？」

「うん。とても」

「そうか。食事は友達と済ませてきたのかな。お風呂を沸かしておいたから、荷物を置いたら入ってしまいなさい」

「……わかった」

靴を脱いで廊下に上がると、静音は父の横を抜けて自室へと足を伸ばす。下手に詮索をされないように、彼女はすぐにでもその場から立ち去りたかった。

「その前に、ちょっといいかな」

が、その途中で父は静音を呼び止める。

「静音の友達……千登世さんだったね。この前も見せてもらったけれど、改めてもう一度写真を見せてもらってもいいかな？」

「……どうして？」

「君が学校で友達を作るなんて、すごく珍しいだろう？　だから、千登世さんがどういった子なのか、親としてもっとよく知っておきたくなったんだ」

父は丸分かりの作り笑顔を静音に向け、「お泊まり会なら、写真くらい撮っているだろう?」と、スマホを差し出すよう掌を前に出す。

ただ、それを言われるのはあくまで想定の範囲内だった。

「うん。撮ってる」

静音はスマホを取り出すと、画像フォルダを開いて父へと差し出した。

「やけに聞き分けがいいね。数年前とは比にならないくらい、落ち着いている」

「だって、嘘はついていないから」

千登世の実家に泊まったのは、紛れもない真実だ。半分は嘘であっても、もう半分は実際の出来事だから、あくまで毅然としていられる。

父はスマホを手に取ると画面をスクロールして、写真一枚一枚に目を凝らした。

「温泉で二枚、プールで五枚、ショッピングモールで三枚、部屋で三枚……全部でたったの十三枚か。だいぶ少ないような気がするけれど、これで全部かい?」

「そこにあるだけ。たくさんは撮ってない」

晋助と結乃が映っている写真は帰りの電車で予め別のフォルダに移行し、父に見つからないよう隠してある。

ラインにはパスコード設定をしているし、友達欄は晋助と結乃を非表示にした上でトーク履歴も一部は削除済み。ツイッターはブラウザでログインしているから、端からアプリを入れていない。短時間でスマホからボロが出る事は、そうそうないはずだ。

「……見せてくれてありがとう。今日は疲れているだろうから、後日ゆっくりと土産話でも聞かせてくれ」

「いつかね」

どうにか、上手く誤魔化す事ができたようだ。

静音は父からスマホを受け取ると、部屋に戻って荷物を置き、衣服を用意して洗面所へと足を急がせる。

今日は疲れた。温かい湯船に浸かって、すぐにでも眠りにつきたい。

私は脱いだ服をカゴに入れ、風呂場の扉を開いた。

「……入ったか」

扉に耳を当てて静音がシャワーを浴び出した事を確認すると、彼は音も立てずに扉を開き、洗面所に足を踏み入れる。

中に入ると周辺を見渡して、彼はカゴの中身を丁寧に漁り始めた。

トップスとブラジャーの間に挟まれていたスマホを探り当てると、高校生の頃から変わっていないパスコードを入力し、改めて中を覗く。

「……勘繰りすぎてしまっているだけか？」

画像フォルダはさっきと同様に、千登世と映っている十三枚しか見当たらない。

しかし、やはりどこか引っ掛かる。

そもそも、泊まりで遊べるほどの女友達を学校で作った事そのものが、今までとは異なる大きな不審点なのだ。

あまりに何もない事に、違和感を覚えて仕方がない。考えれば考えるほど意図的に隠されているようにしか思えず、彼は疑いを拭い切れないでいた。

「……そういえば」

画面をスクロールして、ラインのアイコンをタップする。

「パスコード……か」

大学生になって夜遅くまで大学やカフェで勉強をするようになった頃、彼は静音のラインを一度覗いた事があった。

当時の友達欄には父である自分の名前のみで、自分以外とのやりとりもなし。だからかパスコードは設定されてなく、スムーズにログインできたのだが……。

試しにスマホ本体のパスコードと同じものを入力してみるが、それではログインができない。どうやら、別の数字四桁を使っているらしい。

友達と連絡を取り合うようになった事で防犯対策に設定したとも考えられるが、同性との連絡を見られないためだけにパスコードを使うのはどこか不自然に感じる。

その時——ガタガタッと、風呂場から物音が聞こえてきた。

「……一旦、出るとするか」

スマホを元あった場所に戻すと、彼は扉を開いて廊下へと出ていった。

静音が風呂から上がるまで、あと二十分程度は余裕がある。

彼は静音の部屋に入室すると、床に置かれたリュックの前にしゃがみ込んだ。

「この猫……ハンドメイドか。家を出る前に付けていた覚えはないな。旅先で購入した物か……いや、市販品にしては拙い出来だ。となると、友達と作ったのか？」

リュックに付いた見覚えのない黒猫のマスコットを手に取り、彼はブツブツと思考を巡らせる。そして別の手がかりを探すため、躊躇(ためら)いなくファスナーを開いた。

メイク道具の入ったポーチ、モバイルバッテリー、財布——特に変わった物は見受けられないが、彼はその中からまず財布を手に取る。

財布にレシートでも入っていれば、静音が家を空けている間にどこで何をしていたのか、うっすらとイメージができるはずだと、彼は踏んでいた。

だが——開けた先で彼の視界に入ったのは、レシートなどではなかった。

「……誰だ、こいつは」

その声に静かに怒気を孕(はら)ませ、彼は財布の中から一枚のプリクラを指で摘(つま)んだ。

プリクラに映っているのは、静音と九条千登世、中学生か高校生くらいの女——それともう一人、娘と同年代に見える見知らぬ男だった。

数秒のうちに静音の口から聞いた発言の数々が脳を突き刺し、掻き回される記憶の中で徐々に整合性を取っていく。

状況を理解するにつれて波打つように頭に血が上り、思考が真っ白になった。

黒猫のマスコットをリュックから乱暴に外し、プリクラに映っている男の顔を潰すように指先に力を込めると、彼は荒々しく静音の部屋を後にする。

彼の行動を止められる人は、ここにはもう一人もいない。

数分後、彼女の泣き叫ぶ声が——痛々しくも家中に響き渡った。

メンヘラの問題に踏み込んだら

普段、バイトのシフトは週固定で木金日なのだが、二泊三日の帰省で木曜と金曜を休みにしてもらっていたため、今日は久々の出勤だった。

日曜の二十二時過ぎ——僕はコンビニエンスストアでのアルバイトを終えると、マンションへとまっすぐ足を急がせる。

別にこの後、何か特別な予定が入っているわけではない。ただ、僕の帰りを部屋で一人待っている彼女の顔を、一秒でも早く目にして安心したかったのだ。

今日まで毎朝のように部屋に訪れて、僕のために朝食を振る舞ってくれていた琴坂静音(ことさかしずね)が、今朝は珍しく部屋に顔を出さなかった。

これは六月下旬——過去の先入観から僕が地雷系ファッションとリストカットに対して苦手意識を抱き、メンヘラを避けている事を静音が知ってしまった翌日以来の事だ。

あの日のバイト終わりに会った彼女はひどく情緒を乱し、いつもであればありえないような行動を次々としていた。

しかし、今回はこの前と違ってしっかりと連絡が届いている。なんでも今朝は体調が優れず、ベッドから起き上がる事すらままならなかったらしい。

そのため、てっきり今日は来ないものなのだろうと考えていたのだが、バイト後にスマホを確認すると、『部屋で夜ごはんを作ってる』と連絡が入っていた。

無理して僕の部屋になんか来ず、安静にしておいた方がいい気もするが、来てしまっているのなら仕方がない。それに、部屋にいるのであればまだマシだ。

静音と「通い妻契約」を結ぶより前、僕にバイトの予定がある日は食材や弁当を用意して、マンションの前で帰りを待っている事が何度かあった。

今は部屋の合鍵を預けてあるため外で待っているなんて事はなくなったが、もしも体調不良のまま外で待機していたらと考えるとゾッとしてしまう。

とはいえ、彼女の体調が心配なのに変わりはない。

マンションまで辿り着いた僕は階段を駆け上がり、部屋の扉を開いた。視線を足元に落とすと、見慣れた黒の厚底シューズが目に入る。

「静音、帰ったぞ」

リビングにいるであろう静音に、僕は一声かけた。だが、彼女からの返事はなく、僕はすぐさま靴を脱いで小走りで廊下を進んでいった。

「はぁ……。無事なら返事してくれよ」

どうやら声が聞こえていなかっただけのようで、リビングの扉の先にいた静音は訳の分かっていない様子で首を傾げた。

「……返事？　おかえり、晋助……？」

「ああ……ただいま」

まぁ無事ならいいか……と、僕は彼女に返事する。

普段通りの地雷系ファッションに、その上から愛妻エプロンを掛けて食事の支度をする静音の姿を目にして、僕は一旦安堵していた。

「バイトはどうだった？」

「一週間ぶりだったから、いつも通りの業務のはずなのに数割増しで疲れたな。……って、そんな事はいいんだよ。体調は大丈夫なのか？」

「……大丈夫。蛇に噛まれた程度の事だから」

「それ、かなりやばいんじゃないか？」

蛇の種類によっては死に直結しかねないレベルだぞ。

「もう治ったから、気にしなくて平気。……それより、今日は豚カツを作ってみた。サクサクで美味しいから、冷める前に早く食べて」

まるでその話題を避けるように静音は僕から目を逸らし、キッチンに置かれている料理を取りに行くためくるりと背を向けた。

綺麗に整えられた白髪が微かに舞い、不意に首元が視界に映る。

その時——僕は彼女の肌に、一つの強い違和感を覚えた。

「静音、お前……っ」

あまりの動揺に、つい反射的に声を上げてしまった。静音はその声にビクリと体を震わし、視線を合わせると、ハッとしたように一瞬だけ目を大きく開ける。

「……どうかした？」

首元を優しくさすりながら、彼女は至って平然とした表情で僕に尋ねた。

「その……い、いや……」

何と声をかければいいか分からず、言葉が詰まる。

僕が目にした強い違和感——それは、首の右側にできた青紫色の痕。

首全体は見えていないし、髪の影がかかっているため色合いもしっかりとは認識できていないかもしれない。


ただ、僕の目にはそれが——痛々しい「痣（あざ）」のように映ったのだ。

本来ならその痕が何によってできたのかを訊（き）くべきなのだろうが、静音はその事に触れられたくないからこそ話題を避け、今も隠し通そうとしているのだろう。

「え……っと、今日も飯を作りに来てくれて、ありがとうな」

「うん、どういたしまして」

どうにか笑顔を繕って感謝を伝えると、彼女は目を細めて笑みを浮かべる。

どこか虚ろに思える静音の瞳に、嫌な予感が全身を駆け巡った。

僕の知らない所で、何かが起こっていた――それだけは、まず間違いないだろう。

タイミングからして、今日の朝……それか昨夜、僕や千登世と別れた後か？

話を聞きたい気持ちはやまやまであるが、下手に質問をしても誤魔化されてしまうだろうし、それなら彼女が話す気になるのを待ってみる方が得策なように感じる。

「静音……何かあったら、すぐに言ってくれよな」

「ん……どうしたの、改まって」

「いや、別に……」

「何の心配をしているのかわからないけど、今は平気だから」

「……ああ、どうやらそうみたいだな」

「うん。お味噌汁持ってくるから、手を洗って待ってて」

「体調悪かったんだろ？　あとは僕がやるよ」

「気にしないで。晋助だって、バイトで疲れてるでしょ？」

僕を振り切るようにキッチンへと向かい、鍋に入った味噌汁をお玉で混ぜる。

そんな彼女を横目に洗面所へと足を進め、手を洗い終えると僕はローテーブルの前に腰を下ろした。

心配をかけないよう必死に振る舞っているのが、静音の様子から伝わってくる。しかし、その配慮とは裏腹に、僕の心配は段々と募っていた。

「お待たせ」

静音はお盆を両手で持ち、ローテーブルに料理を運んでくる。今はこの心配を悟られてしまわないよう、僕も平静を装った。

「……手作りの豚カツなんて、久しぶりに食べるな。一人暮らしを始めてからは、いつもできてるやつを買って食べるくらいだったし」

「家で作るのは後片付けが手間だけど、油加減とかも調整できるから」

「こっちの方が健康的、ってわけか」

「良いお嫁さんになれそう？」

「ああ、なれそうだな」

静音は膝をついて、豚カツ、白米、味噌汁とローテーブルの上に順番に置いていく。だが、そこで僕は再び違和感を覚え、背筋を伸ばしてキッチンへと視線を向けた。

「なぁ、静音。今日はこれで全部なのか？」

「忘れてた。ちょっと待ってて、お茶を入れてくる」

「いや、飲み物じゃなくてさ」

「もしかして、辛子が必要だった？」

「いや、調味料でもなくって……」

いつもであれば、静音は僕の分と共に自身が食べる分の料理も用意し、ローテーブルを囲んで一緒に食事をしていた。

それなのに、今日に限って食卓に並べられたのは――たったの一人分。

つまり、僕が食べる分の食事だけが用意されているのだ。

「今日、ここでは食べないのか？」

「……その事ね」

静音は表情を若干歪めて、困ったように首筋をするりと撫でた。

「あまり食欲がないから、今日は食べない事にしただけ」

「そう、なのか……」

口では納得するものの、それが嘘である事くらい容易に想像がつく。

静音は一瞬だけ目を泳がせて、咄嗟に「それらしい」理由を絞り出していた。

これも、僕に心配をかけないための嘘なのだろうか？　それほどまでに僕に話せないような問題を、彼女は抱えているのだろうか……？

頭の中でグルグルと思考が巡り、胸がぎゅっと締め付けられる。そんな僕の様子を静音はバツが悪そうに眺め、少しするとふと思い出したように視線を上げた。

「……私、そろそろ行く」

　静音は壁掛け時計を確認し、どこか慌てた様子でその場から立ち上がった。

「行くって……一体どこへ？」

「勿論(もちろん)、自分の家。こんな時間じゃ特に行くあてもない」

「もう少しゆっくりしていけばいいのに」

「家でやる事があるから。……食後の後片付け、任せてもいい？」

「それは構わないけど……」

「今日は……ううん、しばらくの間は……早めにお暇(いとま)する事になる。でも、安心して。これからも家事はしに来るつもり」

　僕にそれを伝えると、彼女はスマホを取り出して険しげな表情で画面を見つめながら、何か文章を打ち込み始める。

　何だ……何なんだ？　この妙な胸騒ぎは……？

　静音が良くない状況に置かれているのは確かだが、彼女は僕に一切頼ろうとせず、むしろ距離を置こうとしているようにすら感じられる。

　同時に、想像もしたくない一つの悪い予感が――頭の片隅に浮かんできていた。

「それじゃあ……またね、晋助」

　文章を打ち終えると静音は僕に別れの挨拶をし、エプロンの紐(ひも)を解(ほど)いて荷物をまとめながら、リビングの扉へと歩いていく。

「静音、ちょっと待ってくれ」

慌てて立ち上がり、僕は彼女を引き止めた。静音は背後を振り返ると、どことなく寂しそうな瞳で僕を視界に映す。

「……どうしたの？」

「送るよ、家まで」

「え……いいよ。一人で帰れるし」

「いや、今日は送る。そういう気分なんだ」

「随分と頑なだけど、そんなに女の子の家に上がり込んでみたくなった？」

「『家まで送る』って言っても、家に上がるつもりはないよ」

「……私は、友達を家にまで連れていきたくない。だから、晋助と家まで帰れるのは嬉しいけど……それはできない」

僕は「通い妻契約」を結んで以降、四駅先まで自転車を漕いで夜道を帰る静音を心配に思い、何度か「家まで送る」と提案した事がある。

そのため、今回も同じ理由で断られるのは目に見えていた。

だが、今の静音を一人で家に帰しちゃいけないと――直感がそう告げている。

僕が家まで送ったところで、何かが変わるわけでもない。けれど、そんな理屈は抜きにして、彼女への心配が徐々に心を圧迫する。

静音が何か悩みを抱えている事だけは、語られずとも察しがつく。

少しでも、ほんの一瞬でも、静音が一人でいる時間を減らしたい。僕と過ごす事でわずかでも心が安定するのなら、いくらでも時間を差し出したい。

「頼む……静音」

彼女に頭を下げて、溜め込んだ想いを吐き出すように、

「今日は……今だけは、お前を一人で帰したくないんだよ……」

嘘一つない率直な言葉を、僕はまっすぐ口にした。

頭を下げている間、静音は一言たりとも声を発する事はなく、僕は目線を上げてそんな彼女の返答を待った。

視界に映った静音は少々驚いた様子で目を開けていて、そのまま視線が合うと気が抜けたように口元を緩める。

「それだと、まるで告白みたい」

静音は「ふぅ……」と細く息を吐き、ゆっくりと目を瞑った。

「でも……やっぱり家までは来てもらいたくない。だから、その途中まで……」

「途中って、どこまでなら送ってもいいんだ？」

「……隣駅。今日は自転車だから、電車には乗らないけど」

自転車で隣駅……となると、おおよそ十五分くらいか？

「どちらにせよ、結構早いお別れだな……」

「それ以上いると、離れるのが辛くなるから」

「……そうだな」

僕はキッチンへと駆けてラップを手に取り、料理の上に丁寧に掛ける。

……今日の夜ごはんは、もうしばらくお預けだ。

☆

自転車の荷台に跨がって静音の腰に腕を回し、夏の温かな夜風を体で感じる。

二人でこうして自転車に乗るのは、彼女と初めて出会った日のバイト帰り以来だ。

静音と過ごすようになってからの密度が濃すぎて、少し前の事でさえも懐かしく思えてしまう。

折角ならこれまでの思い出話に花を咲かせたいところではあるのだが、風の音がうるさくてまともに会話はできない。

僕達はお互いに一言も発さないまま、東京の田舎道を進んでいく。

マンションを出てから三十分ほどが経過した頃、隣駅の目前まで辿り着いた。二人乗りをしていた事もあってか、想定より長く時間がかかっていたようだ。

駅の壁沿いに自転車を停めてもらい、僕は荷台から身を下ろす。

「ここまで送ってくれて、ありがとう」

「これって、送ったうちに入るのか……？」

自転車を漕いでいたのは静音だし、「送った」と言うには語弊がありそうだ。

「晋助はこれから、電車で帰るの？」

「財布は持ってるし乗って帰れはするけど、どうするかな……」

ここから来た道を徒歩で戻るとなると、早く見積もっても帰るのにまた三十分程度はかかってしまうはずだ。

ただ、静音と解散した後は一人になって、ゆっくりと頭の中を整理する時間が少しばかり欲しくもあった。

頭の片隅に未だ可能性として残る、悪い予感。

静音が今どのような問題を抱え、僕に何を隠しているのか詳細までは分からないが、万が一それが当たってしまった際の立ち回りくらいは、自分なりに考えておきたい。

「……今日は歩いて帰るよ。気温も歩くには丁度良いしさ」

「そう。……なら、今日はここで」

「ああ……」

「……？　どうしてそんな、最後のお別れみたいな顔をしてるの？」

「え……僕、今そんな顔してたのか？」

そう問うと、静音は「うん」と小さく頷いた。最近になって自覚し始めたが、僕は感情が顔に出やすいタチらしい。

最後のお別れ……というのは少々大袈裟だが、彼女を一人にする不安や心配が大きくなっていく一方で、寂しいという気持ちも心の半分近くを占めている。

「……もう、行かないと」

静音はサドルに跨がったままスマホで時間を確認し、ぽつりと呟いた。

「ああ、わかった。……気を付けてな」

「うん。晋助も気を付けて」

別れの挨拶を交わすと静音はペダルを漕ぎ出して、僕はそんな彼女の段々と遠く離れていく背中をぼんやりと見送った。

静音の姿が見えなくなってから、僕はようやく帰路を歩み出す。

その間、僕の頭の中では静音の首にあった痕——青紫色の痣らしきものがどういった流れでできたのか、改めて思考を巡らせた。

まず、あの痣は間違いなく今日初めて見たものだ。

金曜にプールへと行った際、プールサイドで静音と隣り合って話をしていたが、あんな痣は一切なかった。

痣の大きさからして、あれが指圧を加えた事によってできたものである事は、なんとなく推測できる。

何かしらの出来事をきっかけに情緒を乱し、自らの手で首を強く締め付けた――その線もありえると言えばありえるが、おそらく本人ではないだろう。

直近だと、結乃（ゆの）の誕生日会が始まる前に静音はメンタルをブラしていたが、それ以外は特に変わった様子はなかった。

出会った当初と比較して、彼女の心が安定してきているという事は、普段話しているだけでもよく分かる。……つまり、自分で痣を負ったとは考えがたい。


となると、他者の手による怪我の線で最も有力な要因は――家庭内暴力。


これが僕の頭に浮かんでいた「悪い予感」……いや、一つ一つを整理していくと、これは予感などではなく、「最悪な事実」としてしか考えられなくなっていく。

琴坂家の家族構成が分からないため誰に負わされた痣かの断定はできないが、家族から受けた暴力の可能性は大いにありえる。

ここまでの考えが正しければ、静音が「家に帰りたくない」と思うようになったワケとしても納得ができてしまう。

「だとしたら……本当に、初恋の相手にそっくりだな」

中学一年生の春に付き合った元カノの存在が、ふと脳裏に浮かぶ。

家庭環境に恵まれず、私服では地雷系ファッションを身に纏い、リストカットを経験していた――僕が関わりを持った初めてのメンヘラ女子。

彼女と関わり続ける事に嫌気が差して自ら別れを切り出しはしたものの、最後まで寄り添い切れなかった後悔から、僕はメンヘラ女子そのものを避けるようになった。

しかし、それはすでに過去の話だ。

長年抱えていたトラウマと向き合い、自身の心を理解した事で、今の僕は「静音に必要とされたい」と本気で思えている。

だからこそ、これから静音が心を病ませた時にどう支え、どのようにして寄り添っていくべきか――しっかりと、考えをまとめておかなくてはならないのだ。

とはいえ、これらは静音から直接聞いた話ではなく、あくまで僕の勝手な推測に過ぎないため、具体的な考えをまとめる事は容易じゃない。

夜空を見上げて頭を回しながら歩いているうちに、気付けばマンションが見えるほどの場所にまで戻ってきていた。

マンション一階のエントランスの灯り(あか)が薄暗い夜道を照らし、僕はそれに誘われるように歩行ペースを上げて道路を進んでいく。

「……ん？」

だが、とある一人の男性が遠目に映り、僕はマンションへと向かうペースを徐々に緩めて、最後には足を止めた。

ここら一帯は東京都内ではあるものの二十三区外に位置していて、お世辞にも「栄えている」と言えるような地域ではない。

大学付近かつ駅近という事もあり、平日の日中であればここら辺の道路もそこそこ人が行き来しているのだが、夜が深くなるにつれ人通りは少なくなっていく。

「誰だ、あれ……？」

マンションの出入り口前。

もう深夜になるにもかかわらず、その人物はスマホを片手にキョロキョロと辺りを見渡しながら、まるで誰かの帰りを待つようにしてそこにいた。

身長は僕より高く、すらりとした痩せ型。若干長めな髪を後ろで雑にまとめ、ビジネススーツをラフに着崩している。

そんな怪しげな男を目の前に、僕はつい身構えてしまう。

一年以上ここに住んでいるがこの男の事は今まで一度も見た事がないし、何よりこんな時間帯にエントランス前に佇(たたず)んでいる時点で、不審者感が漂っていた。

それでも出入り口付近を通らない事には、いつまで経(た)っても部屋には帰れない。

僕はその男と一切目を合わせないよう視線を落とし、ひっそりと道路の隅に沿いながら、早歩きでエントランスの自動ドアを目指した。——が。

「君、少しいいかな」

彼の横を通り過ぎようとした瞬間、事は起こった。

唐突に男から肩を摑まれ、僕は大きく動揺する。どうしようもない恐怖と緊張感が、全身を駆け巡った。

よりによって、何で僕に話しかけてきた？　キョロキョロと探していた相手は、僕の事だったのか？　だったら、どうして僕を……？

その場で俯いたまま、僕は必死に理由を考えた。

……いや、少し待て。一旦落ち着いて、冷静になろう。

この人はただ、道を訊きたいだけかもしれない。人通りの少ない道だから、訊くに訊けないでいたのだろう。……そうだ、きっとそうに違いない。

「……何か……用ですか？」

口が上手く開かず、声が震える。

恐る恐る視線を上げ、僕は男の顔を確認した。

顎にはうっすらと処理し切れていない髭が残り、目の下には染み付いたような酷いクマができている。異様なまでに目つきも悪く、その瞳はどんよりと黒く濁って見えた。

男は僕の視線に気が付くと、目線を合わせてぎょろりと目を開く。

そして警戒心を解くように、薄く笑みを浮かべながら、

「君は、琴坂静音という大学生を……知っているかい？」


「……え？」

男は僕に、そんな事を尋ねてきた。

予想外の質問に、僕は硬直してしまう。途端、心臓がゾワゾワと蠢き出したかのような感覚を覚え、額から冷や汗が流れた。

男の口から発されたのは、「琴坂静音」に関する問いかけ。

そもそも、こいつは誰なんだ？　どうしていきなり、静音の事を……？

状況を把握するのに、時間がかかる。

口元で笑顔を繕っているが、彼の目は一切笑っていない。ひどく不気味なその表情から、できる事なら今すぐにでも逃げ出したかった。

「その顔は、どうやら知っているようだね」

表情からして筒抜けだったのだろうが、無理もない。静音と密に関係を持っている僕には、動揺を隠し切る事なんて到底できそうになかった。

静音と繋がりがある事を断定した男は、僕の肩から手を離す。

「いきなり不躾で、すまなかったね。……まずは、名乗らせてもらおうか」

胡散臭い笑顔を崩さないまま、男は丁寧な口調で静かに続けた。

「ぼくの名前は、琴坂愛彦——静音の父です」

彼の口から出た発言に、僕は耳を疑ってしまう。

まさかこんな状況になるとは、数分前まで想像すらしていなかった。

☆

「良い部屋に住んでいるね」

マンションのエントランスを通して部屋に案内すると、静音の父を名乗った男はリビングを見渡して感想を溢した。

「とりあえず、適当に座っててください。飲み物を用意しますんで」

「別にいいよ。気遣いは無用だ」

「……ですが」

「それより、夕飯はいいのかい？」

並べられた料理に視線を落としながら、彼は床にそっと腰を下ろす。僕も冷蔵庫に向けていた足を引き、ローテーブルを挟んで向かい合いながら正座した。

「……今はいいです。後で食べますから」

「ぼくを気にせず、食事を進めてくれて構わないのに」

ローテーブルの上には、静音の手料理がラップを掛けた状態で置かれている。

今日はもう何時間も食事を取っていないし、さらにバイト終わりともなれば空腹も尋常ではないため、本来なら今すぐにでも料理にありつきたいところだ。

しかし、僕はこんな状況の中で平然と食事ができるような精神力を、残念ながら持ち合わせていなかった。ていうか、緊張で喉を通りそうにない。

「君はどうやら、一人暮らしをしているようだね」

「はい……」

「出身はどこなんだい？」

「……埼玉です」

「学校は静音と同じ、東京城下大学なのかな？」

「はい、同じですけど……」

この感じ、妙に覚えがあるな。……そうだ、静音と初めて会った日にコンビニの駐車場でされた質問攻めだ。

性格というか考え方というか、親子だと多少似るものなのだろうか？　……いや、そんな事は今どうでもいい。そろそろ本題に入りたい。

「あの……それでお父さんは、僕に一体何の用が……？」

「『お父さん』……？　静音と君は、そういう関係なのかい？」

「いや、いやいやいや！　そういうつもりで言ったわけじゃないです！」

威嚇するような鋭い視線で睨み付けられた僕は、たじたじとなりながら両の掌を大袈裟に横に振って否定する。

「……なら、ぼくの事は下の名前で呼んでくれないかい？」

「愛彦さん……ですか」

「そうだ。ただ、少々固いな。もっとフランクに話してくれていいのに」

「は、はぁ……」

もっとフランクになんて、無茶を言ってくれるな。

愛彦さんは自身の顎に手を当てて、僕の目をジッと見つめる。

「君は確か、愛垣晋助くん……と言ったね」

「……はい、そうです」

「今日の夕飯は、晋助くんが作ったのかい？」

その質問に、僕は何と答えるべきか迷ってしまう。

　ここで素直に「静音に作ってもらった」と答えたとして、愛彦さんはどういった反応を見せてくるのか。……ダメだ、想像しただけで怖すぎる。

　とはいえ、下手に嘘をついて後々バレてしまった場合の事を考えると、それは素直に答えた時の反応よりもさらに恐ろしい。

「……静音さんが、作ってくれました」

「うん、だろうね。この盛り付けの癖には、馴染みがあるから」

　どうやら、事実を言って正解だったらしい。

　僕はすっと胸を撫で下ろし、ひとまず安心した。だが、その安心は数秒もせずに崩れ落ち、僕の心臓は再び激しく波打ち出す。

「ここ最近、静音は君の食事を用意しにこの家を訪れているようだね」

「え、いや……それは……」

「ああ、誤魔化す必要はないよ。別に怒ってもいないから」

「……作ってもらってます」

「だろうね」

　愛彦さんは腕を組んで、表情を変えないまま小さく頷く。

「君は静音と、どういった関係なんだい？」

「……関係、ですか？」

これって、どう説明をすればいいんだ……?

まさか静音の父親を相手に、「僕達は『通い妻契約』を交わした関係です!」なんて言えるはずもない。

ここは無難に「友達」と答えるべきなのだろうが、毎日部屋まで来て家事を手伝ってくれるような相手は、一般的に考えれば明らかに友達の域を超えている。

それでも、やはりそう答える事しかできそうになかった。

「……友達です」

「ただの、かい?」

「ただの、友達です」

まっすぐ愛彦さんの目を見て、友達で貫き通す。

「……嘘だな」

しかし、僕の主張はキッパリと否定された。

「少なからず、性行為はしているはずだ」

「は、はぁぁあ!? 性行為……っ!?」

「一人暮らしの男の家に毎日通い、何もない方が不自然だろう」

あまりにも偏見が過ぎる……。

静音を実家に連れていった際、結乃も僕達に対して「そういう関係」なのではないかと疑いの目を向けていた。

だが、愛彦さんの場合は疑いなどではなく、それである事を自身の中で確定付けてしまっている。いくら反論しようとも、簡単には納得してもらえないだろう。

第一、仮に僕と静音が性行為をしていたとして、普通そういった話に首を突っ込むものなのか……？　親になった経験がないから、そこら辺の感覚はよく分からない。

……というか、ちょっと待て。

僕はこの人に、「静音が毎日ここに通っている」なんて言ったか？

静音本人が、愛彦さんに話をしていた……？　いや、そんなわけがない。

そもそも「静音の父親と対面している」という状況のせいでそこまで頭が回っていなかったが、この人はどうして僕の住むマンションを知っている？

なぜ静音がいない時間帯を見計らい、ここにやって来れたんだ？

それらの疑問が浮かんだ直後、一気に悪寒が押し寄せてくる。

思い返せば、不可解な点だらけだ。安易に部屋に通してしまったが、実はとんでもない判断ミスをしているのではないか……？

「……僕からも、質問していいですか？」

「構わないよ。次は晋助くんが、ぼくに質問する番だ」

唾をごくりと飲み込んで、意を決する。

疑問点の一つ一つを解消するべく、僕は口を開いた。

「静音が僕の部屋に毎日通っている事を、どうして知っているんですか……？」

「それだけかい？」

「……え？」

「質問は、それだけかい？」

「いや……」

「あるならまとめて訊いてくれ。予想では、君の質問は全て関連付いているから」

「……あとは、僕の家の場所をどこで知ったのか。それと、どうして静音がいない時間帯に僕の家に来られたのか。……最後に、もう一つ」

ツーッと、頬に汗が伝った。

「あなたは一体、僕に何の用があるのか……」

僕の前に現れたのには、それ相応の理由があるはずだ。

早く本題に入れと、僕は遠回しに催促した。

「ふむ。その質問の答えは、ぼくも君に話すつもりだったよ」

顎鬚を摘むように撫でて、愛彦さんは「どう説明しようか」と視線を上げた。

「……まず、ぼくは君の存在を昨夜まで知らなかった」

静音がこの部屋に通っている事を家族に伝えていなかったのは、元々知っている。

それはそうだ。彼女が「家を出たい」と思うようになった理由が家庭にあるのなら、僕の存在やこの部屋に通っている事をわざわざ話すわけがない。

「木曜から金曜にかけて、あの子は君の実家にお世話になっていたのだろう？」

「……はい」

「九条千登世……という女学生は、君の幼馴染だそうだね。ぼくは静音から『大学でできた友達の家に泊まりに行く』と彼女の写真を見せられ、あの子を送り出したんだ」

愛彦さんは「はぁ」と深く溜め息をつき、眉間に皺を寄せる。

「あの子に女友達ができたと知って、ぼくも安心して家を出したのだけれど……よくよく考えれば不審な点も多く、蓋を開けてみれば案の定……嘘をついていた」

「蓋を開けてみれば……というのは、静音から直接聞いたという事ですか？」

「ああ、勿論。ぼくに自ら話をしてきたわけではないけれどね。あの子が目を離している隙に、彼女のスマホとリュックの中身を拝見させてもらったんだ」

「拝見って……」

「親子なのだから、何も不思議ではないだろう？　大学生になってからは気にかけすぎるのもほどほどにしていたのだが……残念な事に、この有り様だ」

だとしても、大学生にもなった子供のスマホやリュックを勝手に漁るか？　嘘をついて親を騙していた静音にも非はあるが、もう成人だって迎えているんだぞ……？

この時点ですでに、静音がすぐにでも実家から出ていきたかった理由が、なんとなく分かってきたような気がする。

「静音がぼくに嘘をついてまで男と会っていたと知った時は、さすがに怒ったよ。多少強引ではあるが彼女を問いただし、そこで君の名前を初めて知ったんだ」

「それで、静音が僕の部屋に毎日通っているのを聞き出した……ってわけですか」

「ああ、その通りだ」

「でも……僕と静音はただの友達で、二人で泊まったわけではないんです！　あの泊まりの日は、実際に千登世も一緒にいて……っ！」

「その件も静音から聞いたよ。けれど、所詮それは言い訳に過ぎないんだ。事実そうだとしても、家のルールで決まっているのだから。『異性とは関わるな』……とね」

異性とは関わるな——普通に考えて、それは今後生きていく上で無理のある話だ。

愛彦さんはローテーブルに肘をつき、呆れたように頭をぽりぽりと掻いた。

「それに、泊まりに関してだけじゃない。現にあの子は、一人暮らしの男の家に頻繁に出入りしていた。その時点で、家のルールに背いているんだよ」

「確かに、そうなのかもしれないですけど……」

「年頃の男女が誰の監視もない場所で二人きり……何も起こらない方が不自然かつ、そもそも親に相談もせず通っている時点で、やましい事があるも同然だろう？」

内心を揺さぶるように、彼は僕の目をジッと見つめた。

「……では、他の質問にも答えていくとしようか」

愛彦さんは改まって、再び話を始める。

「この家の場所をどこで知ったのか、そしてあの子がいない時間帯にどうしてここに来られたのか……だったね。簡潔に言うと、静音にＧＰＳの発信機を付けたからだ」

「ＧＰＳって、何でそんな物を持って……」

「元々はこんな事で使うために持っていたわけじゃないんだ。ぼくの職業は高校の美術教師なのだけれど、以前は漫画家を生業としていてね。その時に買った資料だよ」

静音を初めて部屋に上げた日に、愛彦さんの職歴は簡単にだが聞いている。

それはそうと、だから静音が通っているこのマンションの場所も、部屋から出て家へと帰っている事も、この人は把握できていたのか。

「そのＧＰＳは、今までもずっと静音に付けていたんですか……？」

「まさか。ぼくに嘘をついてコソコソとしていたから、昨日の夜に自転車に仕込んでおいただけだ。ぼくだってあんな物、娘が大学生にもなって使いたくはなかったよ」

続けて彼は「それに元々付けていたなら、もっと早くに訪ねていたさ」と、冗談のような事を本気の表情で口にした。

「その目……ぼくの教育に疑心を抱いているね」

「……なっ」

ローテーブルに身を乗り出して、愛彦さんは僕の顔を覗き込む。

瞬間的にゾワリと体が震え、僕はわずかに腰を浮かして彼から距離を取った。

「……あの子は、昔から危なっかしいんだ。ネットで知り合った男と会おうとした事もあれば、何も考えないまま家出を試みた事もある」

　発言の端々に感情がこもり、相当な怒りを覚えている事がピリピリと伝わってくる。

「でも、だからってそこまでするのは……」

「静音の気持ちを踏み躙っている……とでも言いたげだね。だが、現に昨夜あれだけ叱ったにもかかわらず、懲りずにここを訪れていた」

　愛彦さんはローテーブルから身を引いて、天井を見上げた。

「気持ちを踏み躙られているのは、ぼくの方なんだよ。これだけ期待をして、時間をかけて、悪い道へと進まないよう育てたはずなのに、その想いには応えず反発する。……となれば、ぼくはさらに彼女の行動に注視して、見守る必要が出てくるわけだ――――」

　ゆっくりと視線を僕に向け直し、彼はふっと笑みを浮かべる。

「なぜなら……娘の暴走を管轄するのも、父親の務めなのだからね」

　その笑顔はあまりに不気味で、こちらに恐怖心を植え付けるには十分なものだった。

　静音の行動に危ない部分があるのは頷ける。子供を監視する理由も理解はできるし、親として心配する気持ちも分かる。

けれど、それは静音だけに問題があるわけではないはずだ。少なからず、彼女を監視する愛彦さん自身にも、問題があるのではないだろうか？

束縛とも言い換えられる愛彦さんの愛情は、静音にとって大きな重荷となっている。

しかし、部外者の僕にそれを咎める権利はない。

「もう一つ……質問を追加してもいいですか」

「何だい？」

「今日、静音が僕の部屋で料理を用意してくれている時、首に青紫色の痕が……手で締め付けたような痣ができている事に、気が付きました」

太ももの上で両手を強く握りしめ、彼に問う。

「あれは……あなたが負わせたものですか？」

「……教育で、ね」

愛彦さんは、その問いを否定しなかった。

僕の内側に、どうしようもない怒りがふつふつと沸き上がる。

「勿論、痕の残る怪我をさせるつもりはなかった。酔っていたせいもあって、ぼくも多少力加減を誤ってしまったようだ」

酒を飲んで力加減を誤った？　それ以前に、子供の首を締めたんだぞ……？

　愛彦さんは「教育」と正当化しているが、そんなわけがない。

　子供への暴力は教育なんかではなく、虐待……もしくは「洗脳」と同じだ。

「態度を見る限り、どうやらぼくに責任転嫁をしているようだが、こうなったのは君のせいでもあるんだよ」

「責任……転嫁……？」

「安易な考えで交際してもいない年頃の異性を家に招き、誑かした。それに関して、ぼくは娘を叱責したんだ。君と関わらなければ、静音が怪我を負う事はなかった」

「だから、僕は静音を誑かしたつもりなんて……っ！」

「申し訳ないが、言い訳を聞く気はないよ」

　……こいつ、何を言っているんだ？

　自分の娘に暴力を振るい、自分の失態をも僕になすり付けて、どうしてこうも娘を大切にしているような態度でいられる？

　静音が家に帰りたくない理由が、この十分ちょっとの間でよく理解できた。

　誰かの親を……それも友達の親を悪く言っちゃいけない――そんな事は分かってる。

　それでも、この人に関してだけは言い切れた。

　――狂っている、と。

　思考も、偏見も、教育の方針も、これはきっと間違っている。

何をどうすれば、こんなにも偏った考え方になってしまうんだ……？

狂気じみた彼の本性に触れ、握った拳の中に汗が溜まっていく。

「……ぼくが君に会いに来た理由を、そろそろ教えてあげよう」

愛彦さんの口から告げられたその言葉に、今となっては驚きもしなかった。

視界がぐにゃりと歪み、目の前が真っ暗になったような感覚に襲われる。

「君がこれ以上、静音を家に招き入れないよう……今日は直々に頼みに来たんだ」

明るく繕われたその声は、反論を一切受け付けない。

僕の思考は愛彦さんの言葉によって、静かに掻き乱された。

☆

せめてもの情けに、君には少しの猶予をあげよう。

あと一度だけ、静音を家に上げる事を許すよ。

そうしたら、静音との関わりを一切断ちなさい。

連絡先も、記憶も、あの子の存在も、全てを忘れるんだ。

静音のためにも、君のためにも、過ちが起きてからでは遅いのだから。

晋助くんには悪いが、よろしく頼むね――

何度も何度も、愛彦さんから告げられた言葉が一晩中、繰り返し頭の中でしつこく再生され続けた。

悩みは解消されないまま無慈悲に時間だけが過ぎ、バイト終わりで疲労が溜(た)まっているというのに、ついにはまともに眠る事さえできず朝を迎えてしまう。

静音は今日も、朝食を用意してこの部屋を訪れる。

「……あいつが来たら、どうやって話を切り出すか」

今の僕の存在は、彼女にとって心の拠(よ)り所(どころ)となっている。

昨夜の事を伝えた時どんな反応をされるのか、気が気ではなかった。

想像するだけで心拍数が上がり、胸が強く締め付けられる。

静音はこの話をしたら、間違いなくまた心を病ませてしまうだろう。

いくら言葉を選んだとしても、その事態が起こる事を避けられる気がしなかった。

自分から言い出す覚悟はなかなか固まらないし、固められるはずもない。

静音が僕に依存をしているように僕も静音に依存をし、僕達の「共依存」関係は成り立っている。そう簡単に、彼女を手放す事なんてできはしない。

考えれば考えるほど、思考は段々とマイナスの方向に傾いていく。

「もう、こんな時間か……」

壁掛け時計に目をやった僕はベッドから起き上がり、洗面所へと向かう。抱え込んだ憂鬱さを紛らわすようにジャブジャブと顔を洗い、気持ちの切り替えを試みた。

もう時間がない。なのに、打開策は何一つ浮かばない。

よその家の家庭問題を前にしたら、僕はただただ無力なだけだった。

「くそ……くそ、くそっ、クソッ、クソッッ！　……クソがぁ！」

感情任せに声を張り上げ、洗面台に激しく拳を叩(たた)き付ける。

「これじゃ結局……中学の頃と大差ないじゃねぇかよ……っ！」

僕は膝から崩れ落ち、情けなく咽(むせ)び泣(な)いた。

当たりどころのない感情が、時間が経(た)つにつれ肥大化していく。

「……今日で、最後になるかもしれないのにな」

こんな姿を静音に見せたら、僕自身が彼女の心に負荷を与えてしまう。

びしょびしょになった顔をタオルで拭うも、涙で絶え間なく目元が濡(ぬ)れる。

僕はタオルを放り投げ、塞ぎ込むように膝を抱えて俯(うつむ)いた。


――コンコン。


唐突に、扉をノックする音が耳に入る。

その音にピクリと体が反応し、僕は玄関の方へと視線を向けた。

「あいつ、もう来たのかよ……」

誰が部屋に訪ねてきたのかは、考えるまでもない。

今日だけは、ここに来てほしくなかった。

僕の目の前に——現れないでほしかった。

合鍵を捻って扉を開けると、来客は廊下へと足を踏み入れる。

「……どうしたの、晋助」

洗面所で泣き崩れる僕の姿を目の当たりにして、彼女は声を溢(こぼ)した。

「静音……」

ここまでの醜態を晒(さら)してしまったら、もう踏ん切りをつけるしかない。

洗面台の角を摑(つか)んでその場から立ち上がると、袖で涙を拭って彼女に歩み寄った。

「……あっちで、少し話そう」

僕は静音をリビングに連れ、いつも通りローテーブルを前に向かい合って座る。

愛彦さんとの会話を改めて思い返し、僕は彼女に事情を説明した。

昨日の夜に静音と別れた後、マンションの前で愛彦さんに待ち伏せされていた事。

部屋の中に通し、二人で話をした事。

今後、静音を部屋には上げないように言われた事。

昨夜の会話内容を、僕は事細かに彼女に伝えていった。

「何……それ……」

全てを聞き終えると、静音はボソリと口を開く。

肩をガタガタと震わせて、次第に瞳にはじんわりと涙が浮かび上がった。

それを隠すように、静音はふっと顔を下げる。

「……ごめ、ん……なさい……」

途切れ途切れに、彼女は喉から微かに声を絞り出した。

静音の心の奥底にまで植え付けられた恐怖心が、徐々に溢れ出していく。

「ごめん……ごめんなさい、ごめんなさい……ごめんなさい……」

繰り返される彼女の謝罪に、耳を塞ぎたくなる。

「お前が謝る事なんて、何一つないだろ……」

静音が責任を感じる必要なんて、どこにもない。

しかし、彼女は首を横に振って、僕の言葉を否定した。

「違う、私が悪いの……。私のせいで……晋助に迷惑をかけたの……っ！」

「迷惑だなんて、僕は……」

「嘘つかないで……っ！」

静音は顔を上げ、頬に伝う涙をそのままに、声を張り上げた。

「迷惑じゃないなんて、そんなのありえない……っ。だって、家族の問題に晋助を巻き込んだんだよ……？　あんな人と、晋助を関わらせたんだよ……!?」

感情のこもった彼女の言葉に、僕は何も言えず黙り込んでしまう。

迷惑じゃない……確かに、そう言い切るには無理がある。本来ならこんな事態になる事は是が非でも避けたいし、この状況を望む人なんてどこにもいないだろう。

返す言葉も、打開策も未だ見つからない。

「……私、もうここには来ない」

「待て、待ってくれ……。きっと、僕がどうにかするから……っ」

「待ったところで、何も意味なんかないよ……」

「そんな簡単に、静音はこの関係を終わらせる決心ができるのか!?　こんな形で『通い妻契約』を放棄して、お前は本当にいいのかよ……!?」

「いいはずない……そんな事、決心なんてできるわけない……っ。けど、あの人に目を付けられた時点で……もう、どうしようもないの……っ！」

静音は声を震わせながら、両の掌で顔を覆った。

どうしようもない——正直、僕もそう思う。

GPSで居場所を確認するだけなら、まだ娘想いの父親で済むかもしれないが、愛彦さんの場合はまるで違う。

娘の男友達の家にストーカーまがいの事をしてまで乗り込んでくるなんて、いくら娘が心配でもそこまでの行動を起こす親は、なかなかいないだろう。

結果として父親の言動そのものが、静音の鎖であり苦悩の種と成り果てている。

愛彦さんがどうしてここまで、彼女を異性と関わらせないようにしているのか——彼と静音の間に何があったのか、それは分からない。

静音のためを想ってとはいえ暴力に走り、彼女の意思を無視して行動するのは、どんな事情があったとしても間違っている。

「……ぶっちゃけ言って、今すぐにはどうすればいいかなんて分からない」

だったら僕は、これからどうやって静音を支えるべきなのか。

このまま僕が愛彦さんの言う事を素直に聞き入れてしまえば、彼女はいつまで経っても前に進む事ができない。

「だけど、お前が必要としてくれる限り……僕は静音の傍に居続けるよ」

今できる事は静音の数少ない味方として——ただただ、寄り添う事のみ。

静音の父親に直談判されようが、結局それを聞き入れるかは僕次第だ。

それに、逆らったところで隠し通す事さえできれば何も問題ない。

ここまで来たら、何としてでも静音に寄り添い続ける。彼女が必要としてくれるならどこまでも首を突っ込んでやろうと、僕は意思を固めた。

「静音がここに来たいなら、僕はいつだってお前を受け入れる。静音が辛い思いをするなら、その半分は僕が請け負う。……だから、僕の傍から離れないでくれ」

もう二度と、あの頃のように失敗は重ねない。

静音だけは、何がなんでも見捨てない。

彼女の心を受け止める覚悟くらい、僕はとっくにできていた。

「けど……もしもまた、ここに通ってるのがバレたら……」

静音は瞳に溜まった涙を指で拭いながら、掠れた声で僕に尋ねる。

「GPSは自転車に仕込まれてる、ってさっきも言っただろ？　だったら、自転車だけ他の所に置いておけば、居場所を知られる事もないはずだ」

愛彦さんが種を明かしてくれていて、とりあえずよかった。居場所がバレる原因さえ分かっていれば、抜け道を探す事も不可能ではない。

「今まで通りに家事やイラスト練習を手伝ってもらうのは、難しくなるだろうけど……生活が多少不便になるだけで、根本は今までと何も変わらないんだ」

「……うん」

少し安心したように、静音は頷いた。

この生活がいつまで続くかは、正直分からない。

だが、静音の悲しそうな表情を見ていると——僕が彼女を守らなくてはいけないという使命感が、よりいっそう強まっていった。

――ブー、ブー、ブー、ブ――――ッ！

その時、スマホのバイブ音が閑静な部屋で突然鳴り響いた。

「こんな時間に、誰だ……？」

今の時刻は八時を数分過ぎたくらいで、普段であればこの時間帯に通話をかけてくるような相手はいない。

どことなく嫌な予感が脳裏を過り、僕は訝しげな表情を浮かべながらベッドの上に放置していたスマホを取りに立ち上がる。

「えっ、『九条千登世』……？」

画面に表示されていた文字は、幼馴染の名前だった。

気が張っていたのもあって、愛彦さんから通話がかかってきたのかと一瞬焦ったが、そもそも連絡先は交換していないし、それはないか……。

同時に僕は、「そういえば……」とある一つの予定を思い出す。

『おっ、やっと出たね。グッモーニン、晋ちゃん！』

通話に出ると、スマホからテンションの高い彼女の声が聞こえてきた。

「お前、朝っぱらから元気だな……」

『そりゃあ、遊びの予定が入ってる日は元気ハツラツだよ！』

「それは良い事だけど……こんな早い時間に、一体どうしたんだよ？　約束は十五時だったはずだよな？」

　昨夜の一件のせいで完全に頭から飛んでいたが、今日は夕方前から千登世と浩文が家に来て、静音を含めた四人で夜ごはんを食べる事になっていた。

　ちなみに、これを提案したのは浩文である。彼抜きで行われた二泊三日の帰省が相当羨ましかったらしく、泊まりの代わりとして今回の予定が決定されたのだ。

　今日は月曜日という事もあり、僕も千登世もバイトの予定が入っていない。だから浩文は、全員の予定が合いやすいこの日に集まろうと考えたのだろう。

『別にどうしたってほどでもないよ。単純に暇だったから、もう遊びに行っちゃってもいいかなー、って思ってさ？』

「にしても早すぎるだろ……」

『そうは言っても、静ちゃんだってもうそこにいるんでしょ？』

「え……ああ。部屋にいるけど、よく分かったな」

『静ちゃんの匂いがしたからね』

「お前のスマホは遠隔で匂いまで伝わるのか⁉」

　まぁ、静音は「通い妻契約」を結んだ日からこの時間帯に毎日来ていたし、僕達の関係を知っている千登世であれば、予想くらいできるか。

『まぁ、いるならよかったよ。浩文君、もう電車で向かってるみたいだしさ』

「浩文もかよ……。僕が午前中に用事でもあって部屋にいなかったら、お前らどうするつもりだったんだ……？」

『そしたら、十五時まで大学待機かな。夏休みでも中には入れるし。それに、そんな心配をする必要は元よりないよ。晋ちゃんのスケジュールは全部把握してるから』

　彼女は「ふふんっ」と得意げに鼻を鳴らしたが、そんなの自慢にもならない。

「んで、千登世は『今から行く』って報告のために連絡してきたわけか」

『それもあるけど、買い出しがあるなら先に行ってこようかなって。今日は朝から夜まで飲み放題コースだし、いくら量があっても損ないからね』

「勝手に人の部屋を居酒屋にするな」

『居酒屋いいじゃん。この世知辛い世の中、愚痴を溢すなら居酒屋に限るよ』

　どこか含んだ言い方をして、彼女はそう笑った。

「……わかった。それで、千登世は何時くらいに来る予定なんだ？　今から準備してってなると、一時間後くらいか？」

『いや、もうマンション前だけど』

「もっと早く言えよ！」

そんな簡単に、静音はこの関係を終わらせる決心ができるのか!?

こんな形で『通い妻契約』を放棄して、お前は本当にいいのかよ……!?

だけど、お前が必要としてくれる限り……僕は静音の傍に居続けるよ。

静音がここに来たいなら、僕はいつだってお前を受け入れる。

静音が辛い思いをするなら、その半分は僕が請け負う。

だから、僕の傍から離れないでくれ。

今まで通りに家事やイラスト練習を手伝ってもらうのは、難しくなるだろうけど。

生活が多少不便になるだけで、根本は今までと何も変わらないんだ――――

☆

「『通い妻契約』……か」

愛垣晋助の部屋で交わされる、会話の数々。

リアルタイムで流れてくる音声に、通勤途中の車内で耳を傾ける。

……やはり、人なんて信じるに値しない。

立場が自分より強い者の前では、どんな人間であろうと従順なフリをする。それは賢い選択であり、事を荒立てないための正しい生き方だ。

彼も……晋助くんも、案の定そうだった。

ぼくが提示した条件に、彼は渋々であるものの承諾をしてくれた。だというのに、腹の内はこうだ。

自身が承諾した内容であるにもかかわらず、人を平気で裏切る。どうにか抜け道を探して、挙げ句には「バレなければ問題ない」と嘘をつく。

このままでは静音が、この男に染め上げられてしまう。

あの子がこうもぼくに反抗するのは、彼のような存在がいるからだ。

静音を誑かし根元から腐らそうとする危うい存在は、排除しなければならない。

彼女亡き今、静音が過ちを起こす事なく健全に成長するには、父であるぼくがあの子の生活を管理し、道を外れないよう見守る必要があるのだから。

あんなアバズレのように、静音を育ててはいけない。

力ずくでも、あの子を守るのがぼくの使命だ。

そのためには、晋助くんにも分からせなくてはならない。

静音に近付く事が、若さゆえの軽薄な行動が――どれほど大きな失態を招くのか。

自身の言動があの子の首を締めるのだと、自覚させなければいけない。

「……仕掛けておいて、正解だったな」

帰ったら静音には、しっかりと教育を施さなくてはならなそうだ。

父親として、静音のために。

彼女が成し遂げられなかった事を、ぼくが代わりに――

☆

千登世を部屋に入れてから一時間ほど経(た)つと、浩文もマンションに到着した。

その後、僕達はスーパーへと食材を揃(そろ)えに出向き、夕飯の時間までは部屋の中で適当にゆっくりと時間を過ごす。

昨日の今日で友達と楽しく遊ぶような気分にはなかなかなれなかったが、気分転換という意味では悪くなかったかもしれない。

千登世と浩文に昨夜の事を話したのもあって、二人きりで抱え込まずに済んだ安心感から先行きの心配が一時的に和らいだ。

「にしても、静音ちゃんは大変だよなぁ。そこまで親に行動の監視なんかされてたら、俺じゃ耐えられねーよ」

夕飯を食べ終えた後、浩文は缶ビールを片手に顔を赤く染めながら、床に掌(てのひら)をついてぼんやりと口にした。

「ほんとほんとぉー、しずちゃんはエロいエロいだねぇ」

「偉い偉い、だろ。大事なとこを間違えるなよ」

　朝から今まで酔っては寝て酔っては寝てを繰り返していた千登世も、寝転がったまま呂律の回らない舌で彼に賛同する。だが、当の本人は首を振ってそれを否定した。

「私も耐えられたわけじゃない。晋助の部屋にいるわけだし」

「でも、晋助と知り合うまではずっと一人で我慢してたんだろ？」

「そうでもない。高校生の時には家出した事もあったし。……結局すぐにバレて、家に引き戻されたけど」

「その時って、どうして愛彦さんにバレたんだ？」

　悲しげに俯いた静音に、僕は尋ねてみる。

「『誰か家に泊めてほしい』って、ツイッターで発信したからだと思う。どこかのタイミングでスマホの中身を見られて、アカウントを予めマークされてた可能性が有力」

　彼女は「今のアカウントは別のものだし、アプリじゃなくてブラウザを使ってログインしているから、スマホを覗かれてもバレはしないけど」と、言葉を続けた。

　誰か家に泊めてほしい……か。

　子供がいくら心配であったとしても無断でスマホの中を覗くのは感心できないが、それでも愛彦さんの気持ちは少なからず理解できる。

　当時の静音がどれほど心を追い込まれていたのかは分からないが、やはり彼女に危うい部分があるのは間違いない。

高校生の女の子がネット上で泊めてくれる人を探すなんて、犯罪に巻き込まれてしまう危険性を考えれば、大抵の親は当然引き止めるだろう。

僕の部屋に通う事そのものは決して危ない行為ではないのだが、過去にそういった失敗をしかけていたとなれば、偏見を抱いてしまうのも無理はないのかもしれない。

「ねぇ、じーちゃんじーちゃん」

「僕を知らぬ間に老けさすな」

床を這いずるように僕の近くへと寄ってきた千登世は、指先でちょんちょんと太ももをつつき、虚ろな瞳をして顔を上げた。

彼女は「んっ」と壁掛け時計を指差し、僕に「時間を見ろ」とアピールする。

「ああ……もう、二十時になるのか」

四人全員が揃ってから、かれこれ十時間以上が経っていた。

静音から聞いた話では、愛彦さんが帰宅するのは二十二時近くの事が多いらしい。とはいえ、場合によっては早めに帰ってくる可能性もある。

スーパーへと出かけた際、静音の自転車のどこにGPSが取り付けられているのか確認したが、いくら探しても見つからなかった。きっと今朝にでも取り外したのだろう。

静音は普段「外で勉強をする」と言って、僕の部屋を訪れていた。だが、愛彦さんは今日、僕がそんな彼女を追い返して、すでに琴坂家に帰らせていると考えているはずだ。

今後はできる限り、静音は愛彦さんが帰宅する前には家にいるべきである。

いつもならこれからイラスト練習に付き合ってもらうところだが、愛彦さんに関係がバレてしまった以上は仕方ない。

「もういい時間だし、そろそろお開きにするか」

僕は三人に、これまでより早くに切り上げるよう声をかけた。

「おいおいなんだよ、もう解散かー？」

「早めに静音は家に帰ってないといけないからな」

「あー、確かにそうだわ……。静音ちゃんだけを先に帰して、俺達三人だけで遊ぶってのも気が引けるしなぁ。俺は一人、この前ハブられたけど」

「四人で話をした時間もあっただろ」

「俺がバイクでそっちまで行って、ほんの五分程度な！」

浩文は冗談っぽく小言を垂らし、状況を汲み取って納得してくれる。

「それで、晋助君よぉ。もうお開きって事は、片付けは任せてもいーのか？」

「ああ。僕一人でやるから、お前らは帰っていいぞ。……とは言っても、千登世が帰れるような状態じゃなさそうだけど」

隣で寝転がったままの千登世に、僕は冷ややかな目を向ける。そんな彼女は僕と視線が合うと、目尻を下げてとろんと微笑んだ。

「しんちゃん、なーにかよう？」

「これからお前をどうやって家に帰そうかな、と」

「うへへー。それほど酔ってないから平気だよぉー」

「いや、その顔で言われても全く信じられないんだけど……」

「しっかり歩けるし、もう大丈夫だってばぁ。ほらほら、見ててね？　……よっ！」

「おい、それは逆立ちだ！　脚と腕を間違えるなよ!?」

「え……酒断ち……？　そんなの無理だ、殺す気かぁ！」

「耳腐ってるのかお前！」

ジタバタと手足を振り回す千登世を前に、つい溜め息をついてしまう。

「こいつ、本当にどうするかな……」

「……ううぅ。ひどいよ、晋ちゃん。今日はこれだけ飲んでも吐くの我慢して、成長したところを見せつけてるのに……」

そんなところで成長ぶりを見せつけるな。

「晋助。だったら、俺が九条先輩を家まで送ってってやろうか？」

「え……それは助かるけど、浩文の家とは逆方向だよな？」

「おうよ！　九条先輩の家に上がり込むチャンスだしな！」

「ここまで目的を清々しく言われると、むしろ気持ちが良いな。……千登世、浩文はこう言ってるけど、それでもいいか？」

「んー、じゃあお願いしようかなぁ。丁度、部屋の中がゴミでとっ散らかってたところだし、ありがたい限りだよ」

こいつ、家に送ってもらうついでに部屋の掃除までさせる気か……。

ただ、どうやらこれで話はまとまったらしく、浩文は早速帰り支度を始めた。次いで千登世もゆっくりと身を起こし、「お冷、お冷……」とキッチンに向かっていく。

「……晋助」

「ん？　静音、どうかしたのか？」

二人が席を立ったタイミングを見計らい、静音は足音も立てず僕に近寄ってくると、耳元でひっそりと声をかけてきた。

「二人が帰った後、私は片付けだけでも手伝う」

「それだと、早めに解散する意味がなくなるだろ。帰りも遅くなるし」

「今日は私一人じゃなくて、晋助と二人でやる形。片付けだけなら、二人でやればそんなに時間もかからないから」

「でも……」

「それに……話したい事もある」

「……話したい事？」

「そう、父の話。朝に話そうと思ったけど、途中で九条先輩が来たから……」

今朝、千登世が部屋を訪れた時から、静音と二人になれる状況は今までなかった。

二人には話しづらい内容を、彼女はまだ抱え込んでいたようだ。

「多分……今後これまで以上に、私は晋助に迷惑をかける事になると思う。……だから、事前に父と私の関係を、晋助にだけは話しておきたい」

きっと二人がいる間、相当思い悩んでいたのだろう。

静音と愛彦さんの過去に触れておく事は、彼女のメンタルケアにも繋がる。

愛彦さんが帰ってくるよりも前に静音を家に帰した方がいいのは確かだが、彼女の抱える問題については早めに僕も把握しておいた方がいいはずだ。

それに、僕にだけでも話をしておけば、静音の気持ちも多少はラクになるだろう。

「……わかった。そういう事なら、片付けだけは手伝ってくれ」

静音の申し出を受け入れると、彼女は「うん」と小さく返事した。


「それじゃあ浩文、千登世を頼む」

「おう、任せとけ」

「一応言っておくけど、千登世に手は出すなよ」

「ふふふ、それはどうだろうなぁ」

どうせ何もできないくせに、浩文は意味ありげにニヤリと笑った。

「晋ちゃん、行ってらっしゃーい」

「行くのはお前だ。帰れ」

千登世は覚束(おぼつか)ない足取りでふらふらと揺れながら、浩文の肩を借りてエレベーターの方へと去っていく。

二人の後ろ姿を見届けて、僕はリビングに戻った。

「あいつら、帰ったぞ」

「……そう」

先にキッチンで洗い物を始めていた静音の隣に並び、僕も食器を手に取る。

「あのさ、静音……」

「……？　どうしたの？」

「お前の首の痣(あざ)……愛彦さんにやられたんだよな？」

泡立てたスポンジで皿を洗いながら、静音は何も言わずに頷(うなず)いた。

「そういう暴力、今までも結構受けてきたのか？」

「……たまに」

落ち着いた声で、静かに答える。

「……いつから続いてたんだ？」

「お母さんが……いなくなった頃から――――」

それは、彼女が僕に話したかった事にも繋がっていた。

琴坂静音が、まだ中学生だった時の話。

静音の母は大病を患い、三十代という若さで亡くなったという。その日を境に、愛彦さんの彼女に対する接し方は変わっていったそうだ。

静音への束縛は強まり、感情がひどく昂ると暴力行為まで起こすようになった。

父と娘の二人暮らし――助けてくれる存在が、彼女にはいなかった。

だがその行動には、愛彦さんなりの心配がどこまでも付いて回っている。

愛彦さんの母親――つまり静音の祖母に当たる人物は性事情がかなり乱れていたらしく、そのせいで彼は、小学生の頃に両親の離婚を経験していた。

浮気性で男遊びに明け暮れた母を、愛彦さんはずっと恨んでいたのだろう。だからこそ、娘である静音には、母のようになってほしくなかったのだ。

静音の母が生きていた頃から、彼女に対する愛彦さんの想(おも)いは相当強かったらしい。間違った事をすれば叱り、良くない道に進まないよう育てていたそうだ。

ただ、それは今とは違って異様なまでの束縛や監視、暴力を伴ったものではなく、よくある一般家庭と大差ない「普通」の育て方だった。

しかし――最愛の妻が亡くなった事で、収まりがきかなくなり始める。

静音に向けていた愛情は急激に歪み出し、瞬く間に膨張していった。

彼女の語りから、琴坂愛彦という男の人間性が徐々に浮き彫りになっていく。

「……過去の話を聞いて、愛彦さんの考え方とか……どうしてこんな状況になったのかとか、なんとなくだけど……分かった気がするよ」

愛彦さんの根本は、娘想いの父親だった。

行きすぎた彼の言動――その裏に隠された「想い」を、静音は理解している。それでも、その想いを受け止め切る事ができなくなり、彼女の心は追い詰められていった。

自己保身のために、静音は愛彦さんに反抗するようになったのだ。

二人の関係が大きく拗(こじ)れてしまったのは、静音の母という最大の抑止力を失ってしまったから。――だから愛彦さんは、ここまで暴走してしまっているのだろう。

洗い物を続けながら、僕は思考を巡らせる。

僕の住んでいるマンションや通っている大学まで筒抜けになっている今、こんな生活が何事もなくいつまでも続くとは思えない。

それに、僕は彼女に――何とか一歩を踏み出してほしかった。

「なぁ、静音。……一つ訊(き)いてもいいか？」

「……どうしたの、改まって」

「お前は……もしも叶(かな)うなら、愛彦さんと今後どういう関係になりたいとか……そういう思いって、持ってたりするのか？」

静音は一刻も早く愛彦さんと二人で暮らす家から出ていくため――大金をすぐにでも稼ぐために、やりたくもないパパ活に手を出した。

今はそれをやめてはいるものの目標自体に変わりはなく、将来は小学校の先生になって家を出ていこうと考えている。

大学を卒業してからなら自分一人でできる事も今より増えるし、一人暮らしだって無理なくする事ができるだろう。

けれど、二人の関係にわだかまりを残したままで、本当にいいのだろうか？

やり方こそ間違っているとはいえ、愛彦さんが静音を愛している事に変わりはない。

そんな状態で物理的に距離を置き、「親子」という縁すらも切ってしまう――果たしてそれは、静音にとって……この二人にとって、正しい選択だと言えるのだろうか？

静音と僕が出会ってから、長い年月は経っていない。ぽっと出の男子大学生が首を突っ込んでいいような話では、きっとないはずだ。

それでも僕は、どうにかこの親子が――「報われてほしい」と思ってしまった。

「……私は」

静音は食器を洗う手をピタリと止め、蛇口から流れる水を眺める。

「私は……あの人と――」

そして僕に視線を向け、自身の思いを伝えようとした——その時だ。

ピンポーン、と。

部屋中に、軽快なインターホンの音色が響き渡る。

チャイムが鳴った直後、僕と静音の頭には全く同じ人物が思い浮かんだ。

二人で顔を見合わせたまま、「まさかな……」と心を落ち着かせる。

きっと千登世と浩文が、何か忘れ物をしたのに気付いて戻ってきたに違いない。

そうやって平静を保つしか、動揺を鎮める術がなかった。

僕は恐る恐るインターホンに近付き、モニターに映る人物を確認する。

「————ッッ！」

悪い予感が、当たってしまった。

タイミングからして、千登世と浩文がここを去るのを待っていたのか？　いや、それはない。二人が今日ここに来ていた事までは、さすがに知られていると思えない。

そもそも、千登世と浩文がさっきまでいた事を把握し、帰ったタイミングを見計らっていたとしたら……その情報は、どこで得ているんだ？

てか、何で今日もここに来た？　自転車にＧＰＳらしき物は付いていなかったし、静音がどこにいるかの判別はできないはずだ。

だとすれば、静音ではなく僕と話しに来たのか？　……いや、それも考えづらい。昨日もここで話をしたのだから、用件があれば昨日のうちに伝えているだろう。

目眩がするほどに、頭の中がグルグルと意味もなく回り続ける。

「ねぇ、晋助……。もしかして、あの人……？」

「……その、もしかしてだ」

着崩されたビジネススーツと雑に結ばれたポニーテール、剃り残しのある顎髭に目の下の酷いクマ——インターホンのモニターに映った人物は、琴坂愛彦だった。

静音がここにいる事がバレているのか、そこまではまだ分からない。駐輪場にはマンションの鍵がなければ入れないし、自転車の有無を確認される事もないだろう。

ただ、この二人を鉢合わせる事だけはどうにか避けたい。

非常口から逃げさせるか？　……いや、ダメだ。

仮に静音が部屋にいる事を事前に知っていれば、僕が逃したのは一目瞭然。彼女に手を貸そうとする姿を見られてしまえば、穏便には済ませられなくなる。

「……やむを得ない、か」

静音に「少し待っててくれ」と一言告げ、インターホンの音声を繋げる。

「……はい、愛垣です」

『どーも。随分と出るのに時間がかかったね』

「あー、すみません。ちょっとトイレにこもっていたもので」

『へぇ』

そう相槌を打つが、それは僕の発言を疑ってのものではない。僕が嘘をついている事を、まるで確信しているかのような声だった。

『一つ、忠告だけはしておこう。あまり大人をナメない方がいい、とだけね』

「……別に、ナメてなんかないですよ」

『あー、あー、そういうスタンスか。どうやら、全く理解できていないみたいだね』

――ドンッ！

荒々しく壁に拳を叩き付けた瞬間が、モニターに映る。

『そうやって嘘を平気でついてんのが、ナメてるって言ってんだよッッ!!』

柔らかな口調が一転――彼は画面に顔を近付け、威圧的な怒鳴り声を上げた。その凄まじい迫力に、僕の足は思わず一歩後退する。

「……すみません」

さっきの発言で、静音の居場所を愛彦さんが把握しているのは分かった。

こうなったら、直接話をするしかないだろう。

今の愛彦さんはかなりの興奮状態――できればインターホン越しの会話を通して、上がった熱を平熱にまで引き下げたいところであるが……。

『ひとまず、部屋に上げさせてもらおうか。大事な娘を返してもらいたいしね』

この感じだと、熱を引き下げる事はそう簡単にはできなそうだ。むしろ、会話が長引けばさらに苛立ちを煽ってしまう恐れもある。

「……わかりました」

僕は渋々、エントランスの自動ドアを開いた。エレベーターへと向かう愛彦さんの背中が、モニターには映し出される。

あそこから部屋まで、一分と時間はかからない。

横に立つ静音に視線を向けると、彼女はガクガクと体を震わしながら唇を噛みしめ、必死に泣き叫ぶのを堪えている。そんな姿を間近で見て、僕の膝も微かに笑っていた。

しばらくすると、無慈悲にも扉をノックする音が部屋に鳴り響く。

「……じゃあ、鍵を開けてくる」

僕は覚悟を決め、平常心をこれ以上は搔き乱されないよう気を確かに持ちながら、玄関へと進んでいった。

鎖を括り付けられているかのように、足が重い。今すぐにでも逃げ出したい。でも、僕なんかよりずっと、静音の方がこの現状は辛いはずなのだ。

何とか僕が、上手く仲裁しなくては――

「……こんばんは、愛彦さん」

鍵を開けてノブを捻ると、僕は昨日ぶりに愛彦さんと相対した。

「夜分に悪いね。……早速だけど、失礼するよ」

さっきの怒声を上げた時とは違い、彼の様子は一見冷静にすら見える。

執着心から築き上げられた行動原理が、愛彦さんの全てを支配しているような……どこまでも冷え切った、おぞましい感覚だった。

娘への想いと、異常なほどの支配欲――信念を全うするために迷いなく突き進んでいる彼を抑止できる自信が、僕には全く湧いてこなかった。

歯向かおうものなら、きっと愛彦さんは部外者であろうと容赦しない。あえて口には出さずとも、堂々としたその立ち居振る舞いは彼の信念を静かに物語っていた。

「……この、ストーカー……っ」

「君のためだよ、静音」

静音と愛彦さん、そして僕――彼が廊下を進んでリビングの扉を開くと、避けたかった状況がついに出来上がってしまった。

「どうして……どうして、あなたはここに来たの……？　何で、何で……」

「ぼくはただ、君を連れ戻しに来ただけだ。さぁ、早く家に帰ろう」

「わざわざこんな時間に人のマンションまで押しかけて……私だけじゃなくて、晋助にまで迷惑がかかっている事が、何で分からないの……⁉」

「晋助くんの家に立ち入った静音に責任がある。男の家に上がり込む事を、ぼくがいつ許可した？　家のルールを守らなかった、君が悪い」

「……信じられない。私、大学生だよ？　二十歳になった大人なんだよ……？　それなのに、どうして私には自由がないの……？」

「道を踏み外す事を、大人は『自由』と呼ばないんだよ」

瞳に涙を溜めながら訴えかける静音に、愛彦さんは冷たい声音でそう返した。

「『本当の自由』は、定められた規則の範囲内で生活をして初めて得られる。踏み外した道での失態は、君の将来から『本当の自由』を奪う」

彼は静音との距離を徐々に詰め、後退りする彼女の両肩を強引に掴む。

「これは……自由のための掟なんだ。そのために定めた、家族のルールだ。君はひどく危なっかしい。世間を甘く見すぎている。……異性と関わるには、まだ早いよ」

全身を強張らせながら立ち震えている静音に、淡々と持論を説いた。愛彦さんは彼女の肩から手を離し、膝に手をついて目線を合わせる。

「静音、どうか分かってくれ。ぼくの管理下にいる限り、君は安全なのだから」

話を聞く限り、やはりこの人は静音を気にかけ、彼なりの信念のもとに心の底から彼女を思いやっている。一貫して、本気で心配しているのだ。

しかし、その考え方はあまりに極端で、静音の心情を汲み取っていない。きっと愛彦さんの母親……過去のトラウマが、彼の心を曇らせているのだろう。

これも、一つの教育方法——そう考えると、僕も無闇に否定はできなかった。

「お前を大学に行かせるにあたって、大金を払った。百万どころではない、それ以上の大金だ。その額を稼ぐのがどれだけ大変か、君に想像できるかい？」

「……大変な事くらい、分かってる。だから迷惑をかけないように、私はお父さんに『奨学金を借りる』って言った。それでも学費を出したのは、あなたの勝手……っ」

「その考えが、すでに甘いんだ。四年間の奨学金を借りたとして、返済は総額いくらになると思う？　社会に出た後も、その借金は君の肩にのしかかり続けるんだ」

愛彦さんは静音から距離を取ると、今度は僕の方へと歩み寄ってくる。

「静音の負担をなるべく減らせるよう、ぼくは君が生まれる前からコツコツと養育費を貯めてきた」

そうして今度は僕の肩に、愛彦さんはポンと右手を置く。

「これまでぼくが静音に投資してきた理由は、この子の将来のためだ。……くだらない男遊びを覚えさせるためじゃあ、断じてない」

「……っ！　私は、男遊びなんてした事……っ」

「高校生の時にSNSを使って男と会ったのは、男遊びに含まれないのかい？　そういう不純な行為に走った前科を、君はなかった事にしてしまうのかな」

「あれだって、男遊びなんかじゃ……。それに、仮にそれが男遊びに含まれるんだとしても、もうSNSで知り合った相手とは、会おうとすらしてない……っ！」

静音がパパ活をしていた事を、愛彦さんはまだ知らないらしい。

ただそれも今となっては過去の事で、彼女は僕と契約を結んで以降、SNSを通じて誰とも会っていないのは事実だった。

「確かに今までの私は、人から見て危ない事もたくさんしてきた……けど、晋助はそんな私を正しい道に導いてくれた。……不純な関係なんて、これっぽっちもない」

静音は僕の方へと小走りで向かって右腕にしがみ付くと、愛彦さんを僕から引き剝がそうと必死に力を込める。

「晋助と出会って、私は変わる事ができそう。……晋助はあなたが想像するような悪い人じゃや、絶対にない。むしろどこまでも私を受け止めてくれる、大切な人なの……っ！」

そして愛彦さんに対し、静音は剝き出しの思いをそのままぶつけた。

「……『彼の家に遊びに来るのは、男遊びに含まれない』、『家族間でのルールは適用されない』、『私を見逃せ』——端的に、そう言っているように聞こえるね」

「ルールを破ったのは反省してる。……けど、晋助に非はない。それに……晋助と一緒なら、道を間違えない。だからこれからも、私は晋助と一緒にいたい……っ」

「あぁ……そうか」

愛彦さんは肩から手を離すと、僕の目をジッと見つめる。

「晋助くんは、静音と交際しているわけではないんだったね」

「……交際はしてないです。ただの……友達です」

「下心もなく異性に優しく接するなんて、ぼくには考えられないけれど」

「それでも、事実です」

「君は静音の視点に立って、この状況は男遊びに含まれると思うかい？」

「少なからず……僕も静音と同じで、思わないです」

「『おままごと』をしている時点で、ぼくからしたら男遊びだ」

　おままごと……？　この人は、何を言っているんだ？

「伝わらないかい？　……なら、言い方を変えよう。『同棲ごっこ』とね」

「……っ！　それってもしかして……というか、どこでそれを……!?」

「ただの異性の友達が……経済的な支援すら親頼みしている分際の子供が、責任が生じても一人で解決できない甲斐性なしの学生風情が、大人の真似事で夫と妻を演じての同棲ごっこ……そんな事を繰り返しているくせ、絶対に過ちが起きないと言い切れるのか？」

　その声音は静かに圧を増し、彼の感情が昂っていく。

「静音は君から誘いを受ければ、まず拒む事はないだろう。『お世話になっているから』、『恩返しだから』、『役に立ちたいから』……そうやって自分の行為を正当化する」

　愛彦さんはそう語りながらリビングを歩き出すと、静音が部屋の隅に置いていたリュックサックへと視線を落とす。

「愛彦さん……一体、何をして……？」

不意に、彼はリュックの中をゴソゴソと物色し始めた。すると中から参考書を一冊取り出して、そこに挟まっていた一台の機械を、見せつけるように僕達の前に掲げる。

彼が握っているのは、見覚えのないスマートフォン。

その意味を僕は理解できていなかったが、それがリュックから出てきた途端、静音の腕を掴む力はさらに強まっていく。

「静音、あれって……」

「……あのスマホは、父がプライベートで使っている物。多分……私が家を出る前に、盗聴目的で仕込んでいたんだと思う……」

「と、盗聴……⁉」

そこまでやるか……と、血の気が引く。

愛彦さんは静音の言葉を否定せず、ポケットからもう一台のスマホを取り出すと、種明かしでもするように話し出した。

「静音が家を出る前、ぼくは二つのスマホを通話状態にして、予め（あらかじ）リュックの中に仕込んでいたんだ。もっと早くに気付かれるだろうと想定していたのだけど……存外バレないものだね。この子が部屋に入ってからの会話は、一時間分ほど聞かせてもらったよ」

おそらく昨日の夜から、僕が愛彦さんに逆らう事を予測していたのだろう。静音がいる事を把握した上でここに来れた理由が、ようやく分かった。

「……さすがに、これは見過ごせないですよ。僕が警察に通報でもしたら……かなりの大事になりますよ？」

「別に、通報したければしてくれて構わない。この程度で警察に捕まるとは残念ながら到底思えないが……そもそも、君にそれができるのならね」

「……どういう意味ですか？」

「静音を多少なりとも気にかけているのなら、少し考えれば分かるだろう。君はこの子を、犯罪者の子供にしたいのかい？　その噂はすぐに大学内に広まり、卒業後の進路にも影響が及ぶ。それを理解していれば、通報なんて真似はできないはずだ」

言われてみれば、その通りだ。

警察が来れば一旦はこの場を乗り切る事ができるかもしれないが、それは静音の生活を揺るがす材料にもなってしまう。……安易には、行動できない。

「君達の同棲ごっこ……『通い妻契約』と言ったね。そんな中途半端な遊びで、君はこの子の将来を奪うのかい？」

「中途半端って……僕達は、そんな覚悟で関係を持ったわけじゃ……」

「いいや、違う。……言ってしまえば、その契約に関してだけじゃあない。君の人間性そのものが、ぼくからすれば中途半端としか思えないんだよ」

　愛彦さんは二台のスマホをポケットにしまうと、内心を見透かすようにまっすぐ僕と瞳を合わせる。

「一つ質問をしよう。……君は大学に、どういった目的で入学した？」

「え……？」

「まぁ、即答できるわけがないだろうね。君は惰性で大学に進学し、親の金で一人暮らしをしながらバイトと遊びに明け暮れているだけの、どうしようもない人間なのだから」

「――違うっ！」

　その時、静音は僕を庇って愛彦さんの発言を否定した。

「……晋助は、どうしようもない人間なんかじゃない。イラストレーターになるため毎日練習して、その上で大学やバイト、友達関係も両立してる……すごい人なの！」

「だったらなぜ、彼は初めから『夢を叶えるため』の最善を選ばなかったんだ？」

　静音の反論を軽くあしらい、愛彦さんは僕に問いかける。

「イラストレーターを目指しているのは、君の机を見ればすぐに分かる。それで、君はどうして絵を学べるわけでもない東京城下大学に通っているんだい？」

「……ぼ、僕は」

「最初からフリーランスとして活動する人もいるが、進学するにしても芸術系の大学や短大、専門学校……もっと君の夢に適した場所は多くあったはずだろう。その選択を取らなかったのは、将来にまだ自信がなかった……あるいは、親に反対を受けたからか？」

「……っ！　そ、それは……」

「どうやら、後者だったようだな。親の意見で自分の進む道を変えてしまうなんて、半端者のする事だ。信念を押し通す事もできない人間の言葉には、説得力も何もない」

反論する余地が、どこにも見つからない。

高校生から本格的にイラストを描き始め、卒業後は専業イラストレーターとして活動していこうと考えていた時期もあった。

しかし、僕は愛彦さんの言うように両親の「絵ではなく安定した仕事に就いてほしい」という言葉を受け、一般的な大学に進学するという道を選んでしまっている。

将来の事を考えて、親のためを想って——そう言えば聞こえは良いが、それが中途半端な選択である事に違いはない。

「晋助くん、君は単なる半端者の学生に過ぎない。自分の将来すらも人の意見に委ねてしまうような人間に覚悟を唱えられたところで、信用できると思うかい？」

愛彦さんは、僕との距離をゆっくりと詰めてくる。

「いくら静音の肩を持っても、途中で君は逃げ出すに決まっているんだ。結果が分かっているなら、それは酷な手助けでしかない」

「……静音、後ろに来てくれ」

そう言うと静音は僕から体を離し、背後に回って僕の服をぎゅっと強く摑んだ。

「正義の味方を気取りたい気持ちは分かる。異性に格好付けたい気持ちも分かる。……けどね、半端な気持ちで目上の相手に逆らうなんて——無謀でしかないんだよ」

直後、視界がぐらりと大きく歪む。

何が起きたかの理解も追い付かないまま、僕はその場でよろめいた。

「……し、晋助……っ！」

心配して体を支えてくれた静音が、僕の顔を見て嘆くように声を上げる。

僕は反応もできないまま、顔面を一発殴られたようだ。

左頰がジンジンと痛み、殴られたと同時に頰の内側を嚙んでしまったらしく、口内に血の味が広がっていった。

「盗聴に暴行……僕が通報できないのを分かっているからって、メチャクチャしてくれるなあ……本当に……っ」

「元々はぼくとの約束を破った、君のせいだろう。正当防衛だ」

「正当防衛の意味を学び直せよ……っ！」

「一度殴れば、やはり本性が出るな。荒い言葉遣い……まったく、大人をナメているにもほどがある」

なるほど。これは軽く……いや、だいぶネジが飛んでるな。

「これに懲りたら、もうここに静音を招き入れるような真似はするな。責任も取れないような青二才は、同棲ごっこなんて汚らわしい遊びをするんじゃない」

愛彦さんは「行くよ」と声をかけ、しゃがみ込んだ静音の腕を引く。

彼女は必死に抵抗するも、大人の男の力と比べれば無力も同然だった。

このまま逆らい続けたら、静音の身が危ない。

だが、僕はろくに動く事ができなかった。

痛みによる恐怖心を植え付けられ、身も心もガタガタと震えている。

静音は「離して」「やめて」と涙を流しながら懇願しているものの、決して僕には助けを求めてこなかった。

僕に迷惑をかけたくないという、静音なりの配慮だったのかもしれない。

何もできない無力感に苛まれ、胸が締め付けられている。

愛彦さんは静音を連れて、玄関の扉を開いた。

止めるなら……今だったら、まだ間に合う。――けれど、ダメだった。安易に静音を引き止めに行けば、彼女がもっと酷い仕打ちを受けてしまいかねない。

玄関の扉が閉じた時、静音の声がピタリと遮断された。

部屋で一人になると、負の感情が僕の心に一気に集約する。

畏怖、自己嫌悪、悲嘆、苛立ち、無力感――
僕は座り込んだまま床を拳で強く殴り付け、額を床にゴンッと叩き付ける。
行き場のない後悔を、喉を枯らしてがむしゃらに誤魔化した。

今の僕にはそれくらいしか……正気を保つ方法が、考え付かなかった。

私を車の後部座席に乗せるなり、父は私の口にガムテープを貼り付けた。大声を上げられないよう、まずは口を塞いでおく事にしたのだろう。

次いで麻縄を取り出すと、両手首と両足首をそれぞれ縛って固定される。

さながら、誘拐でもされているような気分だった。

運良く警察に目を付けられて事情聴取を受ければ、署まで同行する事になるのはまず間違いない。教育として許容される範疇からは、すでに大きくはみ出している。

……思い返せば、いつもこうだ。

私の意見や言い分に耳を傾けてもらえた事なんて、ほとんどない。

父親という立場を振りかざし、私の人生の選択肢を勝手に選んでしまう。そこに私が介入する術はなく、この人の独断で物事が進んでいく。

祖母の失敗を私に照らし合わせ、過剰に疑り深くなっているのだ。

私は私のはずなのに、私の人生の主導権はこの人が握っている。

どんな手荒な真似も、家の中では許される。

愛情ありきの独裁的教育は、私の心をいとも容易く破壊した。

この人は「いつまでも反抗期のまま」と私に言うが、反抗して少しでも我を出していないと、自身の意識を保つ事さえできそうにない。

とはいえ、ここまで徹底的に拘束されてしまえばさすがの私も抵抗する気が失せて、普段であれば半強制で静まるしかなくなってしまう。

それなのに、今日の私は自分でも驚くほどに抵抗を続けていた。

バタバタと車内で足を動かし、運転の妨害をする。

ガムテープのせいで上手く声は出せないから、代わりに「ウーッ！　ウーッ！」と荒々しく喉を鳴らし、「今すぐ降ろせ」と訴えかけた。

だが、この程度の抵抗で父が動じる事はない。

抵抗も虚しく、車は呆気なく家まで辿り着いてしまった。

「家の中に入ったら、拘束は外してあげるからね」

駐車場に入ると父は人目を気にしながら私を車から下ろし、家の中へと連れ帰る。玄関に上がると麻縄は解かれ、解放された手で私は口元のガムテープを剝がした。

「随分と反抗的な目をしているが、そんなにぼくが気に食わないかい？」

睨み付ける私の顔を、父は飄々とした様子で覗き込む。

「晋助を殴るなんて……今回だけは、絶対許せない……っ」

「約束を破ったら罰がある。幼稚だった彼に、社会の常識を体感させただけだ」

「社会の常識って……」

「学校にも、課題の提出期限はあるだろう？　遅れれば無論、減点評価だ。ただ、肝心なのはそこじゃない。成績以上に大切なモノを失っている事に、バカは気付けない」

父は靴を脱ぎながら、反省のかけらも見せず淡々と語り出す。

「ぼくが言う『大切なモノ』……それは『信用』だ。信用は約束やルールを破る事によって、段々と失われていく。積もり積もれば、いつか大きなペナルティを受ける。……一度の暴力で済んだだけマシだ。社会での失態は、暴力以上に理不尽な処罰を招くのだから」

これも、祖母の失態に照らし合わせての言葉のようだった。

祖父と父を幾度となく裏切った代償として失われた、祖母の信用。

父の言葉の大半は、祖母の呪縛に囚われてのものなのだろうと思い知らされる。

「折角こうして説明したというのに、まだ不服そうだね」

彼は私の髪を乱暴に掴んで、自身にグイッと引き寄せた。

「悪いが、ぼくは静音を信用できない。理由は単純――懲りずに何度も、家族のルールを破ったからだ。だから、こういう事になっている。監視を強化せざるを得なくなる」

悲しげな表情とどこか切ない口調で、父は言う。

「静音はもう、晋助くんに会うべきじゃない。一昨日の夜、ぼくは静音に分かってもらいたい一心で、君の首を締めた。だが、それでも学んでくれないのなら……」

父は「許してくれ」と言わんばかりに慈しんだ目をして、掌(てのひら)を宙に構えた。

「これに懲りたら……ぼくからの信用を損なうような真似は、もうしないでくれよ？」

頬に与えられた痛みが、私の感情を抑圧する。

こんな人生だったら――そう思って空の上に逃げようとした事は、数え切れない。

けれど、いつも私は踏(ふ)み止(とど)まっていた。

やれる事はある。いつか逃げられる。大人になったら生活は変わる。

それでも、自分を抑制してきた言葉が――今回ばかりは自分を慰めてくれない。

どうせこの先も、父は私を縛り付けようとするのだろう。

そう考えると、全てが無駄に思えてきた。

人が「死にたい」と声を出した時、それを聞いた人の大半は「大袈裟(おおげさ)だ」「構ってほしいだけ」「本当に死ぬはずがない」と、軽く受け流す。

事実、全体を見ればそれで死んでしまう人は少数だ。でも――実際に命を絶ってしまった人がいるのも、紛れもない事実である。

今の私は、口先だけじゃない。

死んだ方がマシ。どうやって死んでやろうか。早く死んでラクになりたい。

この現実に嫌気が差し、世界の色が抜けて見えたこの瞬間――――

心の奥底から、私は「死」を渇望していた。

☆

静音が父の愛彦さんに連れていかれてから、何時間経っただろうか。

僕——愛垣晋助は異常なまでの倦怠感から作業用デスクに顔を伏せ、壁掛け時計の秒針が動く音をただただ無気力に聞き続けていた。

目元は乾燥し、顔の熱は一向に冷めない。それでももう今日は誰にも会わないのだからと、僕は眠る事すらできないまま虚無の時間を目的もなく埋めていった。

それほどまでに、僕の心はひどく疲弊していたのだ。

しかし——たった一本の着信で、僕の心は息を吹き返す。

スマホ画面に映し出された「琴坂静音」という名前が目に入ると、僕は瞬発的にスマホを手に取り、即座に通話に応答した。

『……』

音量を上げて耳を澄ませるも、静音の声は聞こえてこない。

この通話は、どこからかけられているものなんだ……？

騒々しい電車の通過音と駅のアナウンス音だけが、スマホから流れてくる。

『………晋助』

ボソッ――と、それでも確かに、彼女の声が不意に耳まで届いた。

今にも消えてしまいそうな、か細い声だった。

「静音、聞こえるか！　あの後……僕の部屋から連れられて出ていった後、お前は大丈夫だったのか……⁉　殴られたり、蹴られたり……酷い事はされなかったか⁉」

僕は過剰なまでにその声に反応し、募り続けていた心配を口から溢れさせる。

『……』

静音は僕の質問に、答えてはくれなかった。返答の代わりにスマホからは、ガリ、ガリッ――と、何かを引っ掻くような音が聞こえてくる。

『……晋助。迷惑かけて……ごめんね』

「いいよ、気にしなくて……」

『気にするよ、あんな事があったら』

「僕は何も気にしてないから……安心してくれ」

今、静音のメンタルは相当追い込まれているはずだ。

あれだけの事があれば、気に病むのも無理はない。

「すぐには無理だろうけど、静音さえよければ……日が経ってほとぼりが冷めてきたら、また部屋に来いよ。それが難しくても、大学さえ始まればそこで――」

『ううん。……私はもう晋助の部屋に行かないし、会う事もない』

僕の言葉を遮って、静音は悲しげにそう告げた。

『これ以上、晋助に迷惑をかけたくない。本当は私が傷付けられるだけで済んでいたはずなのに……晋助にまで、危害を及ばせた。……あんなの、もう耐えられない』

「それは……」

反論が思い付かない。

この先を求めても、きっと静音を困らせるだけだろう。

人から受けた善意が苦しい時は、誰にだってある。

一見すると「静音を想って」の行動のようではあるが、ここまで拗れてしまっている家庭問題への介入は、実際のところお節介同然なのだ。

優しさを注ぐにも限度があり、それを超えたら酷なものに変わる。

静音に寄り添う事そのものを阻まれようとしている今——「これより先に踏み込まない」という選択は、彼女を想っての優しさとも言えるのかもしれない。

『……それじゃあ、そろそろ切るね。もう晋助の部屋には行かないって……それだけ、伝えたかっただけだから……』

「……」

『今後二度と、学校で会う事もない……。バイト先にも、これからは行かない……』

「…………な」

『連絡先も、これで消すよ……。私も、晋助も、全部忘れるべきなんだと思う』

「…………るな」

『ごめん……今まで、本当に……』

「…………ふざけるな……っ」

『短い間だったけど……私に関わってくれて、ありがとう……』

「……だから………」

『……晋助は、これからも元気で――』

「――ふざけんじゃねぇよッ！」

話を聞け、と――彼女の言葉を遮断した。

よその家庭問題に首を突っ込む事自体、本来は好ましくない事だろう。

それくらい、百も承知だ――けど、それでも僕は嫌だった。

これがエゴだという事は、僕自身もよく分かっている。

でも、それを理解した上で――僕は愛彦さんに、あの人の考えに抗いたかった。

「こんな形でお前との関わりを断つなんて、僕は絶対に御免だ……」

通話一本で勝手に話をまとめられて、もう二度と家に来ない？　――ふざけるな。そんなの、今になって「はい、そうですか」と易々認められるわけがない。

「それが静音の本心で、本当に僕と『離れたい』って言うんなら、僕だって大人しく身を引く。……でも今の静音の選択は、お前じゃなくて愛彦さんの望んだ選択だろ！」

静音のいない生活なんて、もはや考えられない。

ここから先は、僕なりのやり方を全うする。

「静音……今、お前は外にいるんだよな？」

僕達が結んだ「通い妻契約」を……この心地よい共依存関係を、誰かの指図で——僕達以外の意思で、そう簡単に終わらせてたまるものか。

☆

琴坂家の最寄駅から一時間ほど歩いた場所にある小さなトンネルの中に、彼女は今一人でいるらしい。

電車での移動ならそこまで遠い場所ではないが、終電の時刻はとっくに過ぎている。だが、幸いにも駐輪場には静音が乗ってきた自転車が停められていた。

僕は彼女の自転車に跨がり、すぐさまマンションの敷地を飛び出していく。

ペダルを漕いでいる間も、静音への心配が尽きる事はない。自然と腰が浮き、考えれば考えるほど速度が上がっていった。

想像以上に早く目的地付近までやって来られた僕は、スマホで位置情報を確認しながらトンネルまでさらに足を急がせる。

しばらくすると視線の先に、オレンジ色の灯りで照らされた人気のないトンネルの出入り口が現れた。

その奥には、見覚えのある地雷系ファッションをした女の子の姿。ラクガキされた壁面に背中を預けながら、静音は顔を俯かせてしゃがみ込んでいた。

「いた……っ！」

自転車から降り、静音のもとへと駆け寄る。ハーフツインに結ばれた白髪はグチャグチャに掻き乱したのか荒れに荒れ、まともな精神状態でない事が目に見えて分かった。

「……晋助」

僕が到着した事に気が付くと、静音は視線をわずかに上げて僕と目を合わせる。そして再び顔を伏せ、露出した左手首を右の掌で覆い隠した。

「……っ！」

彼女の隣には、刃の出たカッターがぽつんと落ちている。

視界にそれが映った時、僕は思わず正面から静音を抱きしめた。

「静音……頑張ったな。よく耐えた、偉いよ……」

「……だって、『これ』をしたらもう、君に合わせる顔が……晋助に会う資格が、本当になくなっちゃうと思ったから……」

僕の胸に顔を寄せて肩を震わせながら、彼女は途切れ途切れにそう言った。

地面に置かれたカッターは、静音が持ってきた物で間違いない。

しかし――その刃先には、血が一滴も付いていなかった。

静音は大学に進学してから、リストカットを一度もしていない。ただその代わりとして、ストレスが溜まると爪を噛んでしまう悪癖が身に付いてしまっていたそうだ。

そんな彼女が、今回は家からカッターを持ち出してきている――それほどまでに、爪を噛むだけでは耐えられないくらいに、彼女の精神は追い込まれていたのだろう。

静音からそっと体を離して彼女の左手首に視線を落とすと、そこには過去に付けたリストカ痕の他に、爪で引っ掻いた真新しい傷が残っていた。

左手首全体が赤く腫れ、所々は皮が抉れて少し血も滲んでいる。厳密に言えば、これも自傷行為の一つとして含まれてしまうはずだ。

だが、この爪痕は静音が過去の自分から変わろうと――僕と結んだ「通い妻契約」を守り通そうと、必死に耐え続けた証でもある。

「静音……顔、上げられるか？」

「……無理」

彼女は顔を俯かせたまま、首を小さく横に振る。

「まだ……顔が腫れてるかもしれないから」

「……そうか」

その言葉だけで、静音が顔を上げたくない理由が容易に分かってしまう。

今にも爆発しそうな感情をどうにか堪える彼女の声は、僕の心をひどく揺さぶった。同時に、愛彦さんに対する怒りが凄まじい勢いで募っていく。

「そのままでいいから、よく聞いてくれ」

これ以上、静音がこんな風に苦しむ姿なんて見たくない。

もう彼女を、愛彦さんの好き勝手にさせるわけにはいかない。

このままあの人に従い続けていれば、いつまで経っても静音はこの生き地獄から逃れる事はできないだろう。……だったら、残された道は一つだけ。

「静音。僕はお前と一緒に……愛彦さんに、真正面から立ち向かってみたいんだ」

「……っ。一緒に、立ち向かう……？　晋助と、私で……？」

静音は少し顔を上げ、潤んだ瞳で僕と視線を合わす。

「ああ。今のままじゃ、大学を卒業した後も束縛が続くのは目に見えてる。だから、ここまで過度に心配する必要はないんだって……分かってもらうんだ」

「でも、それができたら最初から……」

「単に話し合おうとしてもまともに聞いてもらえないのは、重々承知だ。だけど……動かなかったら、何も変わらない」

僕はその場から立ち上がり、彼女に手を差し伸べる。

「このまま愛彦さんの言う通りにして辛い日々を過ごすくらいなら、もういっそ中途半端じゃなく、本気で抗って——この関係を、最後には認めさせてやらないか？」

静音はパチリと目を開いて僕の手を見つめ、微かに笑みを溢す。

「随分と自信ありげだけど、何か策でもあるの？」

「ここに来るまでの間、色々と考えた。それでようやく一つ思い付いたけど、別に策と言えるようなものじゃないな。……でも、僕の中ではこれがベストだ」

そう言うと、彼女は溢れ落ちそうな涙を優しく手の甲で拭い取り、僕の差し出した手を握ってゆっくりと腰を上げた。

「なら……私は晋助の事を、最後まで信じてみるよ」

静音は左頰を手で押さえながら、覚悟を決めたように頷いてみせる。

僕はもう、後悔なんてしたくない。

静音のため、そして自分のためにも——半端者じゃない事を証明したかった。

☆

「本当に、後ろでよかったのか？」

「うん。スカートにシワが付いても、今日はいい」

「だったらいいけどさ」

「それで、念願の官能運転をしている気分はどう？」

「だから何なんだよ、その造語は！　それに念願でもないからな⁉」

静音と出会った日の懐かしい会話が、頭の片隅にふと蘇る。

トンネルから静音を連れ出した後、背中で彼女の柔らかな感触と体温の温かさを受けながら、僕は自転車を漕いでいた。

きっと自転車のペダルも漕げないほど、心身ともに疲労が蓄積していたのだろう。

彼女は僕の背中にぴったり体を密着させながら、「すー、はー、すー、はー」と一定間隔で呼吸を繰り返している。

「腕を腹に回してるとはいえ、危ないからその体勢で寝るんじゃないぞ」

「眠くはないから、大丈夫。ただ服の繊維を吸い込んでただけだし」

「別の理由で心配になってくるわ！」

「気にしないで平気。この香りを嗅いでると気持ちが落ち着くから、中毒になって何度も摂取しているだけだし」

「あえて怪しい言い方をするなって！」

僕の服に違法ドラッグのような効果はない。

それはさておき、静音はそう口では言っているものの、自転車を漕ぎ出してから何回もあくびをしているし、少なからず眠気を感じている事は間違いないだろう。

「とりあえず、寝るのはマンションに着いてからにしておけよ」

「……ん」

念のため一声かけると、静音は僕の背中に顔を埋めながら一音のみで返事した。

僕の住むマンションまでは、あと二十分くらいだろうか。行きで通った道を引き返しているだけだが、やはり二人乗りだと時間がかかるな……。

琴坂家とは正反対の方向にあるマンションへと、僕は自転車を走らせている。

本来であれば静音を家に帰すべきなのかもしれないが、僕は彼女と話し合いをした上でマンションに連れて帰る選択を取った。

どうやら静音は琴坂家へと帰った後、愛彦さんが眠りについた隙を見計らい、スマホとカッターだけを手に持って家を飛び出したらしい。

僕の部屋に来ている事がまたバレたら数時間前以上の大事になりかねないが、それでもこの精神状態で家に帰すよりはマシだろう。

愛彦さんの起床は毎朝六時半頃らしいし、それまでに戻っていれば問題もない。

今は少しでも家から離れ、メンタルの回復に努める方が先決だ。

「……ねぇ、晋助」

腹に回した腕にぎゅっと力を込め、静音が弱々しい声で僕を呼ぶ。

「私……晋助に通話をかけるまで、もう死んでもいいって思ってた」

「……そうだったのか」

「でも、私が死んだら晋助に辛い思いをさせるって……踏み止まった。だけど、それでも気持ちはどうしても落ち着かなくて、カッターで手首を切ろうとしたの」

「けれど、リストカットはせずに我慢したんだろ？」

「……我慢したというより、震えて切れなかった。晋助との約束が頭を過って……カッターを手に持つ事もできなかった」

静音の微かに震えた声から、僕が駆け付ける前の光景を想像できる。

「あの時はもう、晋助に会うつもりはなかった……ただ、私のせいで晋助にまたトラウマを植え付けるのだけは避けたかった。……結局、今回も助けに来てくれたわけだけど」

おそらく、「遊呑み」の飲み会に参加した日の事を振り返っているのだろう。どこか安心した声音で、静音はそう語った。

「晋助は……私が約束を破ってたら、一体どう私と接してた？」

「……どうするかな、その時は」

僕と静音が結んでいる「通い妻契約」には、条件の一つに「自傷行為をしない」という内容が含まれている。

今回はリストカットをする事を踏み止まれはしたものの、今後またこのような事があったら……静音を信じたいが、行為に走ってしまう可能性を完全には捨て切れない。

とはいえ、その条件を仮に破ったとしても、僕は彼女を見捨てる事なんてきっと――いや、絶対にできないだろう。

だが、契約違反をしたにもかかわらずお咎めなしというのは、契約として成立していない。何かしらのペナルティは、設ける必要があるはずだ。

「そうだな……。じゃあ、その時は罰として『一週間、家事をする事を禁ずる』……なんてのはどうだ？」

「それ、罰になってなくない？」

「そうか？　契約内容のメインが制限されるとか、相当重いペナルティだろ」

「まぁ……晋助がいいなら、別にいいけど」

返答を聞いた静音は「にへへ……」と声を溢し、背中に頬を這わせる。

運転中で彼女の顔を見る事は叶わないが、その表情はきっと――苦しさを一瞬でも忘れられているような、柔らかな笑顔となっているに違いない。

☆

帰宅後、シャワーを浴びてリビングに戻ると、静音はすでにキッチンでほったらかしにされたままの食器洗いを済ませてくれていた。

彼女は次いでシャワーを浴びるため風呂場へと移動し、僕はその間に作業用デスクと向かい合って、イラスト練習を始める。

パソコンを起動してイラスト制作ソフトを開くと、僕は愛彦さんの言葉を思い返しながらペンを動かした。

どのようにして愛彦さんに僕達の関係を認めてもらうか、考えていた方法を頭の中でグルグルと回し、何度もシミュレーションする。

そうしているうちに静音はシャワーから上がり、以前にも貸し出したＴシャツとジャージを身に纏って、リビングへと戻ってきた。

作業を中断した僕は床で寝て、静音はベッドで眠りにつく。

そのまま朝を迎え、僕達はいつもより早めに朝食を取った。

昨夜、あれだけ大きな事態が起きたのだ。静音が懲りずに僕の家を訪れていると知ったら、仕事すらも放り出してこの部屋に殴り込んでくる可能性だってなくはない。

愛彦さんが起床する六時半より早くに家に着けるよう電車に乗って、彼女は琴坂家へと帰っていった。

せめて今日の夜までは、事を荒立てるのは避けたかった。

時間は刻々と過ぎ、徐々に日が沈んで暑さも和らいでいく。

頃合いを見計らって、僕は静音と会うために行動を開始した。

二十一時半――もうそろそろ、愛彦さんが帰宅する時間帯。

僕は一人電車に乗って琴坂家の最寄駅で降車すると、スマホのマップを頼りに静音から教えてもらった住所へと足を運んだ。

「頬の腫れ……もう完全に引いてるな」

「うん、お陰様で」

出向いた先で、僕は十数時間ぶりに静音と合流する。

目の前に立っているのは、住宅街に位置する二階建ての一軒家――静音と愛彦さんが二人暮らしをする家の前に、僕はついにやって来た。

そこから夏の夜風に煽られること、数十分――

「……驚いたよ」

駐車場に車を停めて自宅の門まで歩いてきた彼は、僕と静音が玄関の前に二人でいる姿を目にすると、心底呆れた様子でそう吐き捨てる。

仕事から帰ってきた静音の父――琴坂愛彦と、三度目のご対面だ。

「おかえりなさい……お父さん」

「静音。これは一体、どういう冗談だ？」

「それは……」

静音は言い返す事ができず、口ごもってしまう。愛彦さんは「はぁ」と深い溜め息をつくと、視線を僕に移して眉をひそめた。

「君は本当に懲りないね。可哀想になるくらい、物分かりが悪い。……それも、ぼくの家にまでわざわざ足を運ぶとは」

「お言葉ですが、愛彦さん。自分の事を棚に上げないでくださいよ。愛彦さんが僕の家にアポなしで来たように、あなたがした事をそのまま返しただけなんですから」

「ほう……随分と威勢が良いね。……そういう事なら、上がっていきなさい。折角来てくれたのだから、話くらいは聞いてあげよう」

「はい、ありがとうございます」

玄関の扉を開き、愛彦さんは家の中へと入る。

この中に入ったら、もう引き返す事はできない。僕はごくりと唾を飲み込んで、緊張感に包まれながら彼の後に続いた。

「この廊下をまっすぐ行った先、正面の扉が客室だ。ぼくは部屋に荷物を置いてくるから、そこで待っていてくれ」

「……わかりました」

「静音。君は晋助くんに、お茶を注いできてあげなさい」

「……うん」

そう僕と静音にそれぞれ伝えると、愛彦さんは階段を上っていった。僕は言われるがまま客室へと歩き出し、静音はキッチンへと足早に向かう。

客室の扉を開けると、脚の短い長テーブルが真っ先に目に映った。

フローリングの床にはカーペットが敷かれ、長テーブルを挟んで二対二になるように座布団が置いてある。

僕はそのうちの一つに着座して、二人がやって来るまで待機した。しばらくすると扉が開き、静音が中へと入ってくる。

彼女はお盆に載せてきた冷たいお茶を机上に置くと、僕の隣に腰を下ろした。

「晋助……さっきは何で、あの人にあそこまで高圧的な態度を取ったの？」

「虚勢だよ。愛彦さんを説得するために、必要な事だったんだ」

「説得って……あれだと、むしろ逆効果のような気がするけど……」

「こっちも強気でいないと、意味がないんだよ」

「けど……それじゃあ晋助が、また殴られたりするかも……」

愛彦さんから昨日の夜のように暴力を受けてしまうのではないかと、静音は僕の身を心配してくれているようだ。そわそわと落ち着かない様子で、僕の表情を窺う。

「まぁ、安心しろよ。……きっと、全て上手くいくから」

そんな彼女をどうにか安心させるため、僕はニッと笑顔を返した。とはいえ、僕が今回決行する策が、危険な選択であるのに変わりはない。

「静音……一つだけ、約束してくれ」

僕は静音に、作戦を決行する上での約束を持ちかけた。

「もし、僕が愛彦さんから暴力を受けたとしても……絶対に、お前は僕を庇うな。目を瞑って……じっと堪えろ」

「え……？　それ、どういう――」

――ガチャ。

静音の質問を遮るように、ドアノブが音を立てて下げられた。

改めて、琴坂愛彦のお出ましだ。

中に入るなり愛彦さんは前へと進み、長テーブルを隔てて僕達と向かい合うと、座布団の上で胡座をかいた。

「……待たせたね」

手に持っていた缶ビールをテーブルの上に置き、栓を開ける。

「それ、飲むつもりですか？」

「悪いかい？　社会人というのは、君の想像している以上にストレスが溜まるんだ。それも、今日のストレスは凄まじい。家に帰ってきたというのに、どうも収まらない」

愛彦さんは嫌味のように、僕に冷たい視線を突き刺した。

「だとしても、今は飲むのを控えてもらえませんか？」

「……なぜ、ぼくが君の指図を受ける必要がある？」

「酒を飲むと、尚更まともに話ができなそうだからです」

「まるで普段から、まともに会話ができていないかのような言い草だね」

「そうかもしれないですね。愛彦さんは利己主義な暴論と暴力だけで、会話を成り立たせている。それとも酒に頼らないと、僕に言いたい事も言えないんですか？」

「……安い挑発だ。そんなに粋がったところで、君にメリットはないだろう」

「別に粋がってないですし、挑発してもいないですよ。ただ、今日はあなたと……対等に話がしたい。それだけです」

「ぼくは静音の父親で、君は部外者の単なる大学生。そもそも対等な会話なんて、できるはずがないだろう。……君とぼくでは、立場が違う」

何かを疑うように、愛彦さんは僕の目をジッと見つめる。

「これだけ煽ってくるという事は、何かしらの企みはあるのだろうな」

「……そんなものないですよ」

「君はやたら、ぼくに対抗心を燃やしているように見える。さっきもそうだ。ぼくが君の家に行った事を引き合いに出していた。……どこかでぼくを、出し抜こうとしている」

顎髭に触れながら彼は首を捻り、この場の空気にさらなる緊張感を加えていく。そうして、視線を逸らす事なく勘繰り続け、

「晋助くん……君、この会話を録音しているね？」

「……っ」

核心を突いた一言で、心を大きく揺さぶった。

「……一瞬、動揺が見えたな」

愛彦さんは天井に向けて人差し指を差すと、僕と静音に「立て」と端的に命じる。僕達は拒否する事もできないまま、言われた通りに立ち上がった。

「ポケットの裏地を見せなさい」

衣服のポケットの中身を疑ったその命令を、静音は渋々受け入れる。だが、その中に入っていたのはスマホのみで、それ以外の物は何一つ収納されていなかった。

「静音。スマホの画面をぼくに向けて、電源をつけるんだ」

「……わかった」

電源をつけると、彼女はスマホ画面を愛彦さんに見せる。

「小細工はしていないな。……それで、君は何をモタモタとしているんだ？」

僕は平静を装いながらポケットに手を突っ込み、静音に続いて裏地をめくる。

「ほう、何も入っていないとは。……となると、仕込んでいるならリュックの中か？」

愛彦さんの疑いの目は、ポケットからリュックサックへと移った。

……もう、これ以上は隠し切れないか。

　ここで下手にはぐらかしても、それは疑いを事実と認めているも同然となる。観念した僕は大人しく荷物を身に寄せて、愛彦さんにリュックごと手渡した。

「中身はノートに筆箱、財布……それと、スマホか」

　僕のスマホに目を付けてその手に取ると、彼は躊躇なく電源ボタンを押してしまう。

「……やはりね」

　画面に映ったのは、録音アプリが起動している事を意味する赤い点状のランプ——実に呆気なく、僕の策略は見破られてしまった。

「どうせこんな事だろうと思ったよ。……ぼくを煽るだけ煽って、会話の中で弱味になる事を言わせたかったのだろう？　魂胆が見え透いている」

　詰めが甘い——愛彦さんはそう言って録音を停止すると、僕のスマホを横に放り投げた。壁にぶつかったスマホはゴツンッと鈍い音を鳴らし、床へと落ちる。

「まったく……君は本当に、ぼくの癪に触る事ばかりをしてくれるね」

　机上の缶ビールを手に持ち、彼はその中身を僕に振るった。

「晋助……っ」

　中の酒を顔に浴びせられ、頬を伝ってポタポタと水滴が垂れる。

「少しは頭が冷えたかい？　君とぼくは立場も違えば、頭の出来も人生経験も違う。君程度の浅はかな考えくらい、狡猾な大人ならすぐに勘付ける」

愛彦さんはその場から立ち上がると、酒で濡れた僕の服を掴んで顔を引き寄せた。

「これだけ大人をナメてくれたんだ。しっかりと、罰は受けてもらわないとね」

「……うっせぇよ」

「……あ？」

「聞こえなかったか？　僕はあんたに……『うるさい』って言ったんだよ」

「この状況でよく、そこまで敵意を剝き出しにできるな。ある意味で天晴れだよ」

愛彦さんは呆れたように鼻で笑い、

「うぐ……っ」

まずは一発、固く握った右手で僕の頬を殴り付けた。

「録音されている事を知らずに殴っていたら、色々と面倒になっていた」

手をひらひらと仰ぎながら静音に視線を向け、自分達に近付いてこないよう無言の圧をかける。彼女はそれを察して、悔しそうに愛彦さんを睨み付けた。

「君のような半端者は、どうせこの子を見捨てる。このまま気付かず会話を録音されていれば、君は自身が被害を受けた証拠として、他人に今日の事を訴えるだろう。そうなればぼくは職を失い、静音の生活費すら稼げなくなる。……本当に、危なかったよ」

愛彦さんは自身の正義に従って、あくまで静音のためを想い動いている。

一見すると言動は滅茶苦茶であるものの、その真意だけは全くブレていない。

しかし、その良し悪しを考えた時――子育ての経験がない僕でさえも、彼の「この行為」が正しくないという事だけは、はっきりと言い切れる。

「……静音はこんな風に、暴力を振るわれてたのか」

「一つ、大きな勘違いをしているようだね。これは『暴力』の形をしているだけで、本質は『教育』だ。ルールに従っていればこんな事はしないし、する必要もない」

「これが教育で、あんたのやり方だって言うなら……この教育は、間違ってるぞ」

「子を育てた事もない君に、何が分かる？　晋助くんは平和ボケした家庭環境で育ってきたようだが、自分の家を正常だと思うな。教育の仕方は家庭ごとに違うんだ」

「だとしても、暴力を行使した教育は絶対に間違ってる！　そんな事をして静音を縛り付けても、反発するだけだ……っ」

「反発するから、より強固に縛るんだよ。逃げないように……道を外れないように」

狂気に満ちた、冷たい視線だった。

それでいてどこか辛そうで、「自分を理解してくれ」と訴えかけているような……過去に囚われた、悲しい瞳に思える。

「愛彦さん……あんたは、自分の母親と静音を重ねすぎなんだよ……」

「……静音から聞いたのか」

「ああ。静音にとっての祖母と、亡くなった母親の話はもう知ってる」

「解せないな。それならば、尚更ぼくの話が通じそうなものだが」

「あんたの懸念している事は、僕にも伝わった。……けど、納得はしてない。どれだけ言われようが、お前の教育は間違ってる」

「……君は何も分かっていないな。娘をお袋の二の舞にしないためにも、ぼくが静音の道を照らしてやらないと――」

「それが『間違ってる』って言ってんだよッ！」

僕の胸ぐらを摑む愛彦さんの腕を握り、吠えるように怒声を放った。

「静音の心は、それで追い込まれた。……過度に干渉した結果、愛彦さんに反発した。もう、結果が物語ってるだろ⁉　あんたの教育が間違ってるから、静音は苦しんでるんだ！愛彦さんのやってる事は、静音の祖母と変わらない！」

頭を思い切り後ろに反らし、愛彦さんに頭突きする。彼の額と僕の額がぶつかり、ゴンッと低い音が鳴った。

「あんたが母親から受けた精神的苦痛と、あんたの過剰な束縛と暴力で受けた静音の精神的苦痛は、大差ないんだよ。……お前の教育は、ゴミ以下だ！」

その言葉を口にした時、愛彦さんの目つきが鋭く尖る。その瞳には殺意にも近い感情が入り混じり、今までとは比べ物にならないほどの怒気で満ち溢れていた。

瞬発的に彼は僕の胸ぐらを摑み直し、勢いを付けて床へとなぎ倒される。横たわった僕の腹に間髪いれず飛び乗ると、動きを押さえ込むように頭を左手で固定してきた。

「フゥ、フゥ……」

愛彦さんは荒く息をしながら血走った目を大きく広げ、右腕を振り上げる。そして僕の顔面を、何度も、何度も、激しく殴打した。

「あっ、あ……っ」

徹底的に打ちのめされる僕の姿を見て、静音は声を漏らす。だが、彼女は言いつけを守って、僕を暴力から庇おうとしてこなかった。

前もって伝えていなければ、愛彦さんを僕から引き剥がそうとしていたはずだ。静音は拳を握ってカタカタと全身を震わせ、必死に感情を押し殺す。

そんな彼女に僕は視線を送り、「安心しろ」と微かに笑った。あと少し、あと少しの辛抱だからと、目の前で揺れ動く静音の情緒を表情でなだめる。

とはいえ、どうにか保っていた意識も次第に朦朧としてきた。

愛彦さんが何かを怒鳴っているが、全く頭に入ってこない。それどころか霧がかかったように、徐々に目の前の景色が白くなっていく。

「クッ……ハァ……。な、なあ……愛彦さん」

喉から押し出すようにして、消えゆく意識の中で声を吐く。すると彼の猛攻は一時的に止まり、背筋を正すように僕を見下ろした。

「何の用だ……？　命乞いならする必要はないぞ。君の命を奪うつもりはない。……ただ、世間知らずの学生が、二度とぼくにナメた口をきけないようにするだけ……」

話している最中、愛彦さんはふと口を閉じる。僕が客室内のとある箇所を指差している事に気が付き、その方向へと彼は注意を向けていた。

「愛彦さんが座っていた座布団……その下、見てみろよ」

「……何をした？」

「それは……自分で見てのお楽しみだ」

愛彦さんは眉間に皺を寄せ、腹の上から立ち上がる。そのまま僕に視線を向けつつ座布団へと近寄り、それを勢い良く持ち上げた。

「……っ！」

座布団の下に置かれていたのは、一台のスマートフォン。

僕のでも静音のでもない——通話画面となったスマホが、そこにはあった。

「『柳生浩文』……確か、この名前は……っ」

愛彦さんの表情が、明らかに曇った。

僕の大学生活で最も関わりの深い男友達の名前が、その画面には記されている。それを見て、悪い予感が頭の中を一気に駆け巡ったのだろう。

「なら、このスマホの持ち主は……？　まさか、ぼくと同じようにスマホを二台持っていが手に持ってるのは、僕のじゃなくって――――」
「大学生でスマホを二台持ちしている人なんて、なかなかいないですって。……愛彦さん
たのか……⁉」

『パパさんが持っているのは、アタシのスマホでーす！』


僕の言葉を遮り、愛彦さんの手元から妙にテンションの高い声が聞こえてくる。

『どうもぉー、パパさん。晋ちゃんの頼れる美人幼馴染であり、静ちゃんとは裸の付き合いがあるほどのマブダチ……九条千登世です。以後、お見知りおきを！』

『その通話相手、柳生浩文です！　以後、お見知りおきを！』

スマホの持ち主は、九条千登世。

彼女の自己紹介に次いで、浩文の声も聞こえてきた。

ここに来る数時間前――僕は千登世からスマホを預かり、琴坂家に到着するなり浩文と通話を繋げ、僕とは反対側の席に仕込んでおいたのだ。

愛彦さんが静音のリュックにスマホを忍ばせて会話を盗聴していたのと、手法自体は全く同じ。僕の場合は一人でなく、三人で協力して行っただけだ。

今日は火曜のため、千登世はコンビニでバイト中。だから彼女はバイト先で、応援に来

てくれた浩文と共にこの通話内容を――僕達のやりとりを、一通り耳にしている。

「……ったく。裸の付き合いがあるとか、言う必要なかっただろ……」

『いやいや、晋ちゃん。武器を所持していない状態を互いに曝け出したってだけで、十分信用は増すと思わない？』

「そもそも武器なんて持ってないのに、何言ってるんだ？」

『胸には超弩級の爆弾を、二発も抱えているけどね』

今までの琴坂家での出来事を全て聞いていたくせに、よくこの流れで下ネタをぶち込めるな。下手すると信用が増すどころか、最底辺のさらに下を開拓し始めるぞ。

『……あ、そうだ。パパさんはかなり会話を録音される事を心配していましたけど、ここまでの会話は最初から最後まで全部録音してありますよぉー』

「この……クソガキ共……ッ」

千登世の一言に愛彦さんは鬼のような形相を浮かべ、苛立ちをぶつけるように通話を切断すると、スマホを座布団の上に投げ落とす。

「静音……君はこうなる事を最初から知っていて、ぼくをハメようとしたのか？　ここまで育ててきた唯一の家族を裏切って、一体どういうつもりだ……ッ!?」

「違うよ、愛彦さん。これは僕が勝手に計画して、静音を巻き込んだに過ぎない」

これ以上殴られるとさすがにまずいが、会話をする余裕くらいはまだ残っている。僕は静音に非がない事を伝え、頬をさすりながら立ち上がった。

「おい……お前は何を考えて、こんな事をしてるんだ？　執拗に録音にこだわってるのは、ぼくを警察に叩き付けるためか!?　静音に何不自由ない生活を送らせているのはぼくだというのに、この子の最低限以上の生活を安易に奪うつもりなのか……ッ!?」

「……それは、愛彦さん次第です」

怒り任せに詰め寄ってきた彼の言葉を、僕はそう一蹴する。

「静音を愛しているからこそ、愛彦さんは静音を束縛し続けていた。それは僕も、何より娘である静音本人も、しっかりと分かってる。……だから、このやりとりの音声データは、愛彦さんを陥れるためのものでも、静音との生活を壊すためのものでもない」

僕が愛彦さんから殴られ続けていたのは、愛彦さんを——琴坂家を陥れるためなどでは断じてない。そんな事をしても、彼女は喜びなんかしないだろう。

僕はこの手で静音を支え、幸せにしたい。

音声データを得たのは、問題の根本を解決するため。

つまり、体を張って手に入れた「それ」の使い道は——

「愛彦さん……僕と、交換条件を交わしませんか？」

半ば脅し。だが、これは今の僕が思い付く範囲で――愛彦さんを納得させられるかもしれない、「最後の綱」にもなり得る策だった。

まともに話を聞いてもらえないのなら、脅してでも耳を傾けさせる。

僕は無理矢理にでも、対等に愛彦さんと話がしたかった。

「交換条件？『慰謝料をよこせ』……とでも？」

「この期に及んで、慰謝料なんか請求するかよ。僕だって、愛彦さんをあれだけ煽っていたんだ。……これで、怪我の件はおあいこにしよう」

「……」

僕の発言に、愛彦さんは黙った。

感情の昂りが徐々に収まっていくのが、目に見えて分かる。

「……それで、交換条件は？」

「『娘の気持ちを汲み取ってほしい』……それだけだ」

そう――僕が愛彦さんに求めているのは、結局ただそれだけ。

「愛彦さんが男関係で失敗した母親を見て育ち、恨んでいたのは分かる。自分の子が同じ道を辿らないよう、教育していたのも分かる。……けど、静音の気持ちも考えてほしい」

静音は静音であって、浮気をして家族を蔑ろにした母ではない。

これまでの教育の中から、静音も愛彦さんの気持ちは十分に理解している。しかし、彼女はその想いに耐え切れず、反発していた。

とはいえ、それは静音が父を本心から嫌っている事に直結はしないのだ。

もしも二人が互いに一歩ずつでも歩み寄れさえすれば、どこにでもいるような「普通の家族」として、これから分かり合う事もできるかもしれない。

「愛彦さん、交換条件ではないけれど……もう一つ、僕の提案も聞いてください」

「……何だ？」

「過去に家族三人で過ごした場所に……静音と二人で、足を運んでみてほしいんです」

地元を巡った際、静音は僕に「思い出の場所を共有すると、晋助の事をもっとよく知れる気がする」「友達じゃなかった期間も埋められるんじゃないか」と、話をしていた。

これはきっと、彼女と愛彦さんの関係にも当てはまる。

今の二人に必要なのは、親子関係に深くできた溝を埋める事——過去を踏まえて「二人の現在」を共有する時間だったのではないかと、僕は考えていた。

「提案を受け入れてくれるなら、二人で出かけるまでの期間は静音を僕の部屋には絶対上げない。だけど、そこで愛彦さんが静音と気持ちを共有して、少しでも『信用』ができそうだと感じられたら……その時はまた、僕の部屋に静音を上げる権利をください」

僕は愛彦さんに、想いを伝えるため頭を下げる。

これは自分なりの、彼女への最大限のサポートだった。

本来、琴坂家の家庭問題に僕が関わる事そのものが間違っている。

だからこの先は、もう――二人が決める事だ。

「条件を呑むか呑まないか、提案を受け入れるか拒絶するか……結局のところ、これは愛彦さん次第だ。これからどうするかは、全て任せる」

「……やはり、解せないな。仮にぼくが君の交換条件を拒否し、今まで通りの教育を施したなら……君は今日摑んだ証拠を使って、ぼくと静音を引き剝がすのだろう？」

そんな事をしたとして、静音の生活はどうするんだ――とでも言いたげだった。

「そしたら……全力で愛彦さんと静音を引き剝がせるように、僕も行動するよ。それによって静音の生活が今後大変になるのも、理解はしているつもりだ」

だから、代替案はある。

そのための覚悟は、もう決めているのだ。

「その時は愛彦さんに代わって、僕が静音の面倒を見る。……って事で、安心してくれ」

愛彦さんにではなく静音に――僕はニッと、笑顔を向けた。

その僕の表情とは対照的に、彼女は瞳にうるうると涙を溜めている。

「……本当に、君は子供だな。世間知らずで、社会の厳しさをまるで理解していない」

「そんなのに今から臆していたら、折角の大学生活が台なしになるな」

愛彦さんは静音を視界の隅に入れ、何か思いに耽るように黙り込んだ。

「君の提示した内容を……ぼくは二つとも、受け入れよう」

すると彼は一度頷(うなず)いて、僕へと視線を戻す。

「……わかった」

☆

家の客室で晋助と父の三人で話した日から、一週間以上の時が流れた。

それまでの間、私は晋助のマンションに一度も出向いていない。

普段より自宅にいる時間が増えはしたものの、だからといって父との会話が増えるわけではなく、ある意味でいつも通りに日々が過ぎていった。

「ぼくと二人でも、その系統の服で出かけるのかい？」

「このファッションが好きだから」

そしてついに、この日がやって来る。

八月中旬、お盆——今日は父と、数年ぶりに二人で出かける日。

朝食を食べ終えた私は父と共に家を出て、彼の車の後部座席に乗り込んだ。

母を亡くしてから、家族で楽しく過ごした思い出はまるでない。父とどこかに出かけた覚えもなければ、買い物に行った事すら一度もなかったはずだ。

車が走り出して数分、私は何を話したらいいかも分からないまま、窓の外に広がるよく晴れた夏空を眺めていた。

運転中もこれといったやりとりはなく、父が「晴れてよかった」とか「道が混んでるな」なんて当たり障りのない話題を振ってくるくらいで、なかなか会話に発展しない。

なんとなくルームミラーに目を向けて、私は運転中の父の顔を窺(うかが)った。

目元のクマが以前よりも濃くなり、どこか不健康そうに見える。

プライベートで着る服を持っていないのか、二人で出かけているというのにスーツを着ているし、仕事に疲れた中年男性の出勤光景を見ているようだった。

ただその姿はどことなく寂しげで、いつの間にか増えていた肌の小皺(こじわ)は、あの日からの時間の経過を物語っているようにも思える。

「……どうかしたかい？」

その時、ミラー越しに父と目が合った。

私は少し慌てて窓の外に視線を戻し、何事もなかったようなフリをする。しかし、そこからの沈黙はこれまで以上に居心地が悪かった。

「ねぇ……今日はどこに行くつもりなの？」

沈黙に耐えかねた私は平静を装いつつ、父に自ら話しかける。

これが今日——いや、晋助が家に来た日以来の、私からの最初の質問だった。

父は意外そうな表情を一瞬浮かべ、ハンドルを握った手に微(かす)かに力を込める。

「……公園だよ。昔、三人で行った所」

「ああ、あそこ……」

今この車が向かっている場所が、頭に浮かんだ。

目的地までの道は覚えていないけれど、私が小学生の頃――母の体調が良かった頃まで、この時期になると毎年のように行っていた場所で間違いない。

確か都内ではあるものの家からは少し離れた所に位置する公園で、車でも結構な時間がかかったはずだ。

「その公園って、どれくらいで着くの？」

「家から三十分くらいだから、あと十分程度かな」

「そんなに近かった？」

「あの頃の静音は子供だったから、すごく遠い場所に思えていたんじゃないか？」

私は「そういうものか」と納得して、再び遠くの空を眺めた。

太陽の暖かさが異様に心地よく、扉に肘をつくと私の瞳は自然と閉じてしまう。すると目蓋の裏側には、家族で過ごした懐かしい記憶が次々と映し出された。

「……静音、着いたぞ」

しばらくすると、私は父の声によって目を開く。気付かないうちに、どうやら眠ってしまっていたらしい。

私は父に言われるがまま車を降りて、駐車場に足を踏み入れた。そのまま彼は歩き出し、私も辺りを見渡しながらその背中を追いかける。

この情景にもどこか覚えがあって、まるで子供の頃に戻ったかのような、不思議な感覚が私を包み込んでいた。

父についてその奥へ足を進めていくと、木々に囲まれた広場が視界に広がる。

錆(さび)の付いた滑り台や木製ブランコなどの遊具が遠目に映り、その付近はお盆休みという事もあってか幼い子供連れの家族で賑(にぎ)わっていた。

「あそこに座ろうか」

父はそう言うと近くのベンチを指差し、そこに荷物を置いて腰掛ける。私は素直にコクリと頷き、少し距離を取って彼の隣に座った。

ピクニックを楽しんでいる親子に、ボールで遊んでいる兄弟や犬の散歩をしている老夫婦——人で溢(あふ)れた広場全体を見渡しながら、頭の中で過去の記憶と重ね合わせる。

あの頃の私はここで何をしていたのだろうと、思い出を探ってみた。

そういえば……小学校低学年の頃、私は両親と三人でこのベンチに座りながら、画用紙を広げて絵を描いた事があった気がする。

確かあれは、夏休みの図工の宿題だっただろうか。

右隣に座った父は私と同じ題材の絵をスケッチブックに描いていて、左隣では母が私に描き方のアドバイスをしてくれていた――そんな日の記憶が、ふと鮮明に蘇る。

「わぁーっ！　すごい、おひめさまみたいっ！」

その時、私はハッと思い出の中から意識を呼び戻された。

私が座るベンチの前には、小学校に上がってもいないくらいの女の子――その子は私を指差しながら、興奮気味にパタパタとその場で足踏みしていた。

すると、少し離れた場所から二十代後半と思しき女性が慌てて走ってくる。彼女は私達の前で立ち止まると、女の子の手を掴んで「すみません、すみません」と謝ってきた。

私はつられて頭を下げ、保護者の様子とは対照的にニコニコと手を振ってくれた女の子には、同じように手を振って「ばいばい」と返す。

母子が去っていくのを見届けると、父は私の服にチラリと視線を向けた。

「公園だと、その服は目立つな」

「これくらい慣れてるから、問題ない。他人の目を気にして自分の好きな服が着れなくなるなんて、私には耐えられないし」

晋助に嫌われたくない一心で地雷系ファッションをやめようとした事も一度あったけれど、それは彼のためだからであって別の理由で着なくなる事は当面ない。

私の服装に対する考えを聞くと、父は「ふむ」と顎髭を撫でた。

「静音は覚えているかい？　その系統の服を初めて着たのが、いつだったか」

「うん、勿論」

私が初めて地雷系ファッションをしたのは、母が亡くなる前年の誕生日だった。

その頃にはすでに母の体は弱りつつあったけれど、まだ時々外に出る事もできるくらいの体調で、私の誕生日だからと買い物に連れていってくれたのだ。

そこで私は、誕生日プレゼントに地雷系のセットアップを母から受け取った。

当時、父は私の選んだ服を「派手すぎる」と好意的に思っていなかったようだが、母の説得を受けて渋々認めてくれたのを覚えている。

父は改めて私の服を見つめると、普段の険しい目つきを和らげ、どことなく懐かしそうにクスリと笑った。

「静音の服装や自分のセンスへのこだわりは……きっと、香織譲りなのだろうね」

香織――というのは、母の下の名前である。

父が母を名前で呼んでいるのなんて今日初めて聞いたから、私は意外に思って少しばかり戸惑ってしまう。

それに、父が私の前でこんな表情を見せるのも……もういつだったか思い出せないくらい、久しぶりの事だった。

「お母さんも昔から、こだわりが強い人だったの？」

「ああ。香織とは中学からの付き合いだけど……その頃にはもう自分の芯というか、好きな物や一度決めた事に対しては、執着じみた異様なこだわりを持っていたね」

今まで私達は、互いに母の話題には触れないよう時間を過ごしてきた。

私が母に持っている印象は、小学生の頃までに見た母の姿からしか残っていない。だから両親の中学時代の話はとても新鮮で、興味深いものだった。

「お父さんとお母さんは、どうやって出会ったの？」

「普通の出会いだよ。中学一年生の時に同じクラスで、たまたまぼくの悩みを……静音も知っている『あれ』について、相談に乗ってもらうようになった。それだけだ」

父が濁した「あれ」とは、酷い浮気性だったという祖母の話だろう。

この話を聞いただけでも、よく分かる。母は中学生の頃から、家庭環境が良くなかった父の事を長年気にかけ続けていたに違いない。

「香織はぼくに寄り添ってくれる、唯一の理解者だった。彼女に支えられたから……ぼくの今がある。……香織が息を引き取った後は、彼女の代わりになろうと必死だったよ」

だからこそ、父は母が亡くなってから――大きく変わってしまった。

誰に相談する事も弱音を吐く事も許されず、子供を育てるために仕事をし――きっとこの数年間、相当な無理をしながら生きていたのだ。

中学生から大人になって以降も、ずっと自身を支え続けていた人を失ってしまった経験は、今の私では想像もできないほど、辛く苦しかったはずなのに。

「なぁ、静音。君が小学校の先生を目指している理由は、香織の影響かい？」

「うん、そう」

「……やはりか。高校三年生の進路選択の時期に『小学校教諭の免許を取得できる大学に行く』と言ってきた時は、さすがに驚いたよ。……この子もその道に進むのか、とね」

　私の将来の夢である、小学校の先生――それは、母の職業でもあった。

　残念ながら、私が小学生だった時に母が在学校に赴任していた時期は一度もなかったけれど、その代わり家では付きっきりで私に勉強を教えてくれていた。

　生まれたその瞬間から「先生」という存在が身近にいた私にとって、それに憧れてしまうのはごくごく自然な事だろう。

「ぼくはね、静音が香織のような先生になってくれたら安心だと思い……城下大への進学を認めた。正直、君がその選択をしてくれた事を……ぼくはすごく喜んでいたんだ」

　教職の道に進むと宣言された日の心境を、父は私に打ち明ける。だが、彼はどこか虚ろな表情で、「でも……」と言葉を続けた。

「……君がぼくに嘘をついて晋助くんと会っていると知った時は、喜びの分だけ落差が激しかった。『勉強に力を入れたい』という君を信用し、門限やルールを緩めていたのもあって……こういう詰めの甘さが、君に悪い道を歩ませるきっかけになるのだろうと」

　父は両手の指先を絡ませ、怒りを抑え込むように固く拳を握る。

しかし、その怒りは私や晋助に向けたものではなく、父が自分自身に向けていた感情のように感じ取れた。

「さっき、静音はぼくと香織の出会いを訊いてきたね。実はぼくも、似たような疑問を持っていたんだ。……静音は晋助くんと、どのように出会ったんだい？」

その質問に、私は正直に答えるべきか否か数秒迷う。

私が今までしてきた事は、父の意思に完全に背く行為。普段であればそれっぽい言い訳を作って、是が非でも誤魔化しているところだ。

今だって、誤魔化そうとすればそれもできなくはない。ただ、それを隠しては――晋助が私達にくれた「チャンス」を、無駄にしてしまう事となる。

「……晋助とは、コンビニで出会った」

「コンビニ……？　大学ではなくてかい？」

「そう。……晋助は大学近くのコンビニで働く店員で、私は一人の客だった」

私は意を決して、父にゆっくりと話し始める。

晋助と出会う前――一人暮らしの資金を集めるため、父に隠れてSNSで知り合った男と食事に行ってお手当を貰っていた事まで、包み隠さず全てを語った。

どのような反応をしているのかと心境はなかなか落ち着かなかったけれど、ふと父を視界に入れると彼は意外にも私の話を拒絶せず、噛みしめるように耳を傾けていた。

「援助交際、今で言う『パパ活』か……」

話を聞き終えると、父はボソリとそう口にする。

「……怒らないの？」

「いつもなら怒っていたな。……だが、その話を聞いた後では怒るに怒れないだろう。それをせざるを得ないほどに追い込んでいたのが、ぼく自身だったのだから」

父は力なく肩を落とし、私に視線を向けた。

「それで……静音は彼に、救われたというわけか」

「……うん。晋助に出会えたから、自分の夢を見失わずに済んだ。私が今、また先生を目指せているのは……晋助が支えてくれているおかげ」

膝の上で握った拳に、自然と力がこもる。

「今までたくさん嘘をついて、心配もかけて……ごめんなさい。でも、私はようやく変わる事ができそう。……少しだけ、前向きになれそうなの」

「それも、晋助くんのおかげかい？」

「……そう。晋助は私に『変わるきっかけ』をくれた。彼以外の友達もできたし、たった二ヶ月くらいの間でたくさんの思い出もできた。……晋助の地元に遊びに行って、彼の妹に勉強を教えた時には……『先生になりたい』って気持ちが、いっそう強くなった」

晋助がいたから、私の人生は前に進めている。

ようやく手に入れた幸せは、全て彼がいたからこそ成り立っている。

晋助と過ごした日々を思い浮かべると、自然と笑みが溢れてしまった。

父は私の表情を目にして、ほんの少し目尻を下げる。

「静音。……愛垣晋助とは、どういう男なんだ？」

「優しくて……どこまでも、まっすぐな人。誰かのためを想って行動して、自分の夢のためにも頑張れる、すごい人。……私にとって、お母さんと同じくらい憧れの人」

「香織と同じくらい……か」

「うん。それに、今になって思うと……晋助は記憶の中にいるお母さんと、お母さんが生きていた頃のお父さんに……ちょっとだけ似てる」

そう言うと、父は少し驚いたようにパチリと目を見開いた。すると何かを思い返したように頷いて、「……なるほどな」と空を見上げる。

「こうして本音を聞けているのも、彼のおかげか……」

横目に映った父の顔は、どこか懐かしい表情に変わっていた。

☆

八月中旬の夕方頃——机の上に置いていたスマホが、突然震え出す。
「……静音」

画面に表示された名前は、琴坂静音。

今日、彼女が父の愛彦さんと数年ぶりに二人で出かけている日だというのは、事前に聞いている。この通話は、十中八九それに関する用件だろう。

僕は恐る恐るスマホを手に取って、受話口に耳を近付けた。

「もしもし。……静音、どうかしたのか？」

『静音ではなく、ぼくだ』

「あ、愛彦さん……⁉」

てっきり静音の声が聞こえてくる事を前提に考えていたが、予想外にも酒焼けした低い声がいきなり聞こえてきて、僕は思わず動揺してしまう。

だが、その通話の意味は数秒とかからず理解する事ができた。僕は平静を取り戻し、頭の中を切り替える。

「……お久しぶりです。今、静音と一緒にいるんですか？」

『まぁ、一緒と言えば一緒か。静音は車の中で、ぼくは車の外にいる。……君と少し話がしたくて、スマホを貸してもらったんだ』

「まさか……無理矢理(むりやり)にではないですよね？」

『まったく失礼だな。今回は勝手にではなく、しっかり許可を得たさ』

「……だったら、いいですけど」

許可を得たと言っても、半強制で許可を出させた可能性もなくはないが……愛彦さんの喋り方は、この前に話した時よりもだいぶ穏やかになっている。

この雰囲気からして、静音との関係をさらに拗らせてしまい、怒り任せに僕に連絡をしてきた……というわけでは、少なからずなさそうだ。

「それで……僕と話したい事って、一体何ですか？」

『今日一日で「静音を信用ができたか」……それを先に、伝えておこうと思ってね』

「……っ！」

家族三人で過ごした場所へと足を運び、二人が気持ちを共有した上で愛彦さんが静音を『信用』できそうだと感じたら、僕の部屋に彼女を上げる権利をもらう。

静音との関係を認めてもらうために、僕から愛彦さんに投げかけた提案。

これは、その結果を伝えるための通話だった。

緊張が全身を駆け巡り、自然と背筋が伸びる。

「静音と出かけてみて……どうでしたか？」

『単刀直入に言おう。ぼくは、静音を完璧に信用する事はできなかった』

「！　そ、そんな……」

『静音は今年の春から、援助交際に手を出していたのだろう？　それもぼくにバレないよう、ＳＮＳを用いながら。……そんなあの子を、今日だけで信用できるはずがない』

愛彦さんの言葉に、視界がぐにゃりと歪んだ。僕はスマホを手に持ったまま、何も言えずに固まってしまう。――が。

『ただ……それをぼくに、自ら話してくれた。以前の彼女なら、そんな事は何があっても隠し通すだろう。……今までと比べて、「少し」は信用できそうだと感じた』

言い回しから察するに、まだ希望を失うには早いようだった。

耳を澄まして、愛彦さんの次の言葉を待ち構える。

『どうやら君との出会いが、彼女自身の「変わるきっかけ」となったらしい。……そこで改めて、今は晋助くんの「覚悟」を聞かせてもらいたい』

その質問はまるで、最後に僕を試しているかのように思えた。

きっと彼は、僕が彼女と関わるに足る人間か、見極めようとしているのだろう。

『ぼくはこれでも、晋助くんには感謝しているんだよ。君の存在がなければ、静音とここまで腹を割って話す事はできなかった。……でもそれは、君を信用したというわけではない。自分の夢すらも他人の意見で変えた君は、ぼくの中じゃ未だに「半端者」だ』

僕の返答が、今後の彼女に――僕達の関係に直結する。

そう考えると、なかなか口が開かない。

どうやって「覚悟」を証明すればいいのか、頭を悩ませた。――しかし、それ自体が無意味である事に、僕は気が付く。

「……僕のイラストレーターを目指す姿勢を『中途半端』だと言われた時、言い返す事ができなかった。納得せざるを得なかったのが、めちゃくちゃ悔しかった。……けど、今ここで僕が大学を辞めたら……それこそ、もっと中途半端になるはずだ」

何を言うか悩むのをやめた僕は、自身の考えを愛彦さんにそのまま語り出す。

自分がどれほどの「覚悟」を持っているのかを問われているのであれば、悩んだ末に選んだ言葉ではなく――本心からの言葉を、彼にぶつけるべきだろう。

「だから……僕は今いるこの場所で、これ以上は半端者にならないように夢を追う」

『……それは、静音との関係においてもかい？』

「勿論（もちろん）、そのつもりだ。……あいつが僕を必要としてくれる限り、僕もあいつを最後まで支える。その上で……僕自身も、静音に支えてもらいたい」

僕と静音の共依存関係は、どちらかの気持ちが欠けた時点で終わりを迎える。

それでも、僕の意思は彼女と「通い妻契約」を結んだ日から何一つ――いや、むしろそれ以上に、強固なものへと変わっていっていた。

大きな「覚悟」を一人で持ち続ける事は、誰もが簡単にできる事ではない。

ただ、これから先も静音と二人で支え合う事ができるのなら――この「覚悟」を持ち続ける事だって容易（たやす）いはずだと、僕は信じて疑わなかった。

『……そうか』

話を終えると、愛彦さんは相槌を打つように一言呟いて、深く息を吸い込んだ。
数秒の沈黙が訪れ、僕の心臓は緊張で再び大きく揺さぶられる。
『今のセリフ……ぼくは忘れないからね』
「……っ。それってつまり――」
その時――愛彦さんは僕の名前を呼んで、言葉を遮った。
そうして、「ふっ」と小さく笑みを溢し、
『ぼくの期待を、君はどうか裏切らないでくれよ』
彼はそう言い残して、通話を切ってしまう。
僕はスマホを机上に置くと、ふらりと椅子から立ち上がった。
高揚感が心を満たし、グッとその場で拳を握る。
「……やったな、静音」
これでようやく、胸を張って彼女に会う事ができそうだ。

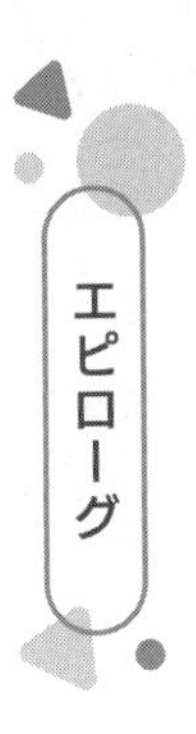

エピローグ

八月中旬のお盆明け。

僕――愛垣晋助（あいがきしんすけ）はお盆の三日間を埼玉の実家で過ごし、十六時頃に東京のマンションへと戻ってきていた。

「なんだか、やけに緊張してくるな……」

リビングの床に座って帰省時に使っていたリュックサックの中身を整理しながら、僕は落ち着きもなくチラチラと壁掛け時計を確認する。

時刻は十七時を過ぎているが、時計そのものの故障を疑ってしまうほどに、そこから時間がなかなか進まない。

とはいえ、それも仕方がない事なのだろうと、頭では理解できていた。

僕はこの部屋に帰ってきた時から――いや、琴坂（ことさか）家に乗り込んだあの日から、もう一度彼女の手によって玄関の扉が開けられる瞬間を、ずっと待ち侘（わ）び続けていたのだ。


――コンコン。

その時、玄関の扉をノックする音がリビングに聞こえてきた。それとほぼ同時に床から立ち上がると、僕はすぐさま玄関へと足を急がせる。

廊下に出る頃にはすでに扉の半分が開かれ、扉と壁の間からは見覚えのある黒のスカートがひらりと揺れているのが窺えた。

ハーフツインにセットされた白髪と、目元を赤く染める特徴的なメイク——地雷系ファッションに身を包んだ、メンヘラ女子。

玄関に入ってきた彼女の姿に、僕の瞳には一気に涙が込み上がってくる。だが、僕はそれが流れてしまわないよう、ぎゅっと強く目を瞑り、

「……おかえり、静音」

久々に部屋へと訪れた琴坂静音を、笑顔で招き入れた。

彼女はその挨拶を噛みしめるように深く頷いて、

「うん……ただいま、晋助」

満ち足りた笑顔を浮かべながら、僕にそう返した。

静音は厚底シューズを脱いで廊下に上がると、まずは真っ先に洗面所へと向かって手を洗い、その後いつものようにリビングへと向かう。

「もしかして、持って帰ってきた物の整理をしている最中だった？」

床に広げられたリュックの中身を目にし、彼女は小さく首を傾げた。

「ああ。見ての通り、さっきまでやってたところだ」

「その割には、あまり片付けが進んでないように見えるけど。晋助がここに帰ってきたのって、確か一時間くらい前だったよね」

「ま、まぁ……色々忙しくって」

　実際、実家から持って帰ってきた物は、一時間もあれば余裕で片付けられるほどの量である。

　にもかかわらず片付け切れなかったのは、静音が来るまでの間ずっとそわそわとしていたからなのだが……そんな事、恥ずかしくて本人には知られたくない。

「そこまで忙しかったなら、私に任せてくれればよかったのに」

「いや、これくらいは自分でやるって……。何でもかんでも静音任せにしてたら、僕の生活力が著しく低下していきそうだし……」

「安心して。生活力の低下で幼児退行したとしても、私は晋助を見捨てないから」

「生活力が下がっても、そうはならないだろ！」

「私が昔使ってたおしゃぶりと哺乳瓶はまだ家にあるから、いつでも退行してくれて構わない。今度持ってきておく」

「わざわざうちに持ってくるな！」

　思い出として保管しておけ。

「まぁ、晋助の部屋にそれを置くかどうかは後で会議するとして……ひとまず、床に広がってる荷物を先に片付けよう。……待ってて。今、エプロンしてくるから」

そう言うと静音はキッチンまで足を進め、手に取ったエプロンを首から掛けた。

彼女がエプロンを身に着ける様子を見ていると、改めて僕の目にはじんわりと涙が浮かんでくる。

あのエプロンは僕達が「通い妻契約」を結んだ事を「形」として残すために、僕から静音に贈ったプレゼントだ。

愛彦(あいひこ)さんとの一連の出来事により、僕達の関係は終わる寸前にまで差し迫っていた。下手すると、こうして愛妻エプロン姿を拝む事もできなくなっていたかもしれない。

「……？　晋助、どうかした？」

「いや……何でもないよ」

静音はエプロンを着終えると、僕の顔を見て「何かあったのか」と近寄ってくる。僕は下を向いて服の袖で目元をゴシゴシと拭い、悟られないよう慌てて平静を装った。

「……あ、そういえば」

そうして下を向いた時、僕の足元に置いてあったリュックの中身がふと視界に映り、ある一つの届け物の存在を思い出す。

頭の中が静音と久々に会う事でいっぱいになっていたせいで、完全に忘れていた。

「静音……これ、結乃が渡してくれってさ」

「……あっ。よかった……直せたんだ」

僕はその場に屈んで、その届け物をそっと手に取る。そして静音に手渡すと、彼女は両手でそれを受け取り、安心したように頰を緩めた。

静音が受け取ったのは、妹の結乃から贈られた——黒猫のマスコット。

琴坂家での話し合いが終わった日、破損したチャーム部分を結乃に修理してもらうため、僕は彼女からそれを預かっていたのだ。

チャームが破損した理由は、静音が僕の実家に行っていた事を愛彦さんが知ってしまった際に、彼が怒りに任せて引き千切ってしまったかららしい。

改めて考えても、愛彦さんはかなりネジが飛んでいるように思える。

彼からの「信用」をどうにか勝ち得て、静音との関係を存続させる事ができはしたものの、僕自身まだ不安は残っていた。

「……静音。愛彦さんと二人で出かけてから、その後はどうだ？」

「以前と比べたら、だいぶマシ。暴力も受けてないし」

「そうか……なら、一安心だな」

「うん。それと、私に対する束縛も……少しだけど、緩くなった気がする。今日『晋助の所に行く』って伝えた時も、受け入れてくれたから」

「へぇ……。それを聞くと、愛彦さん自身も人が変わったみたいに思えるな」

「『過ちだけは起こすなよ』って、念押しはされたけど」

「いや、やっぱり根本は変わってなさそうだ……」

とはいえ、それは愛彦さんが親として静音の事を想っているという証だろう。

子供が生きていく上で、親から受ける「想い」は時に大きな支えとなる。

彼の内に秘められているこの「根本」は、これからもずっと変わらないものであり、決して変わってはいけないものなのだろうと、僕は密かに感じていた。

想いのすれ違いからできた、数年分の深い溝。

だが、きっとあの日をきっかけに──時間はかかったとしても、静音と愛彦さんは少しずつその溝を埋めて、本来あるべき関係を取り戻していくに違いない。

ただ、それとは別に──僕はもう一つ、大きな懸念を抱いていた。

「なぁ、静音。静音の家庭問題は一旦解決したわけだけど……僕の部屋に来る事を愛彦さんが認めてくれた時点で、僕達が『通い妻契約』を続ける必要はなくなってないか？」

元々「通い妻契約」は、家にいる時間を減らすための居場所作りとして、静音が僕に持ちかけてきた提案だった。──が、今は状況が違っている。

家にいたくない理由であった愛彦さんと和解ができたという事は、家にいる時間を減らす必要性そのものがなくなったとも言い換える事ができてしまう。

「……そうでもない」

僕の質問に、彼女は首を横に振った。

「家に帰りたくないワケは、確かに解決した。……けど、今はこの契約が私の『支え』になってる。晋助がいるこの部屋は……私にとって、安心して前に進める場所だから」

それを聞いた時、僕の頭には実家の存在が思い描かれていた。

静音にとって安心して前に進める場所がこの部屋だというように、僕にとってのその場所が実家だったのだろう。

だったらこの部屋は、彼女からすれば「第二の家」同然のようなものか……。

「じゃあ……それだけで十分、契約を続ける必要がありそうだな」

どうやら僕の抱いていた懸念は、単なる取り越し苦労に終わったようだ。

この関係が続けられる事に、僕は内心ほっとする。

「あ……そうだ」

話に一区切りがつくと、静音は何かを思い出したようにボソリと声を発した。

「……？　どうかしたのか？」

「晋助、片付けはもう少し待って。……結乃に、お礼が言いたい」

すると、静音はエプロンのポケットからスマホを取り出して、結乃に通話をかけるため操作を始める。――その時、彼女のロック画面が視界に映った。

ロック画面に表示されたのは、地元で撮ったプリクラ。

あの時の思い出を大切にしてくれているのだな……と、つい笑みが溢れる。

同時に、静音が結乃の誕生日会で涙を流してしまった時の記憶が――僕の頭の中に、ふと蘇っていた。

あの時の僕は……それに彼女自身も、どうして泣いているのか理解する事ができず、涙が収まるまでただただ二人で一緒にいる事しかできなかった。

しかし、今になってようやく、その気持ちが分かってきたような気がする。

もしかすると彼女は、ずっと潜在的に求めていたのかもしれない。

優しかった父の姿を――三人で過ごした、温かい家族との思い出を。

あとがき

ご無沙汰しています、花宮拓夜です。

この度は『メンヘラが愛妻エプロンに着替えたら』二巻をお手に取ってくださり、誠にありがとうございます。

また、ツイッターやブログ、通販サイト等で一巻の購入報告や感想を書いてくださった皆様も、本当にありがとうございました。

自分は小説投稿サイトを利用せず、ひたすら小説賞に作品を応募し続けていたタイプなので、今は作品を読んでいただける喜びを噛みしめながら日々を生きています。

引き続き、購入報告や感想、ファンアートやお手紙なども募集中ですので、本作を気に入ってくださった方は是非よろしくお願いいたします。

それと一巻ではお伝えしていませんでしたが、本作の略称は『メンたら』です。

メンたら……キャッチーでとても美味しそうな略し方ですよね。

ちなみに、この略称は担当さんとメールでやりとりした上で決定したのですが、真っ先に頭に思い浮かんだのは某チーズ系のおつまみでした。

それはさておき、感想等を書いてくださる方はこちらの略称を使って、より多くの方に広めていただけると嬉しいです。

これを書いているのは三月の下旬なのですが、一巻の発売から時の流れが異様に早くなっているように感じています。

ライトノベルの刊行スケジュールは想像以上に早く、自分は遅筆な事もあって、毎日のように「ひぃひぃ」言いながら原稿と向き合っていました。

とはいえ、やっぱり作品作りは楽しいものですね。

大変な作業の中にもやりがいがあり、原稿が完成した瞬間なんかは最高の気分を味わえます。その後にビールといただく某チーズ系のおつまみは、うまいのなんの。

ただ、自分の悪い癖なのですが、夢中になりすぎるとついつい時間を忘れ、予定以上に夜更かしをしてしまう事が多々ありました。

今年の抱負を「早寝早起き朝ごはん」にしたはいいものの、朝ごはんを食べる時間が昼ごはんを食べる時間と同じになっているのが現状です。

デビュー後、先輩作家さん達にご挨拶する機会を何度かいただいたのですが、「作家は健康第一」という話をよく耳にするようになりました。

作家として活動を続けていくためにも、四月からはしっかりと早起きした上で、朝ごはんを食べられるよう生活リズムを改善していきたいですね。

しかしながら、健康面をいくら考えても、深夜に食べるカップ麵の美味しさを知ってしまっている以上、食生活を変えるのは当分難しいような気がしています……。

前回のあとがきにも書きましたが、この巻の刊行により自分にとっての「一巻分」の内容を、ようやく完成させる事ができました。

ライトノベルにおける「ラブコメ」ジャンルから逸脱しすぎてしまわないよう書くのになかなか苦労したのですが、二巻の物語はいかがだったでしょうか？

作者個人として、「メンヘラ」は大きな括りだと考えています。心の病み方は人それぞれ違いますし、メンヘラに対する捉え方も人によって異なるはずです。

自分はメンヘラに対する世の中の偏見を少しでも拭う事ができればという思いで、この作品を書き始めました。

本作のヒロインである琴坂静音は、そんな大きな括りの中のほんの一例として見ていただければ幸いです。

生きている限り悩みというのは尽きないものですが、自分にとっては深刻な悩みであっても、他者からしたら大した事ない悩みと捉えられてしまう事はよくあります。

抱えている悩みの辛さを全て理解できるのは、結局のところ自分だけです。ただ、その辛さを理解しようと寄り添ってくれる人は、どこかに必ずいます。

もしそんな人と出会う事ができたなら、いつまでも大切にしてあげてください。そして、その人が悩みを抱えてしまった時は、是非とも寄り添う側になってあげてください。

そうしていく事で、人と人は本当の意味で信用を築いていけるのだろうなと、この作品を書き進める中で改めて考えるようになりました。


ここからは謝辞になります。

最初に、担当編集のナカダ様。一巻に続いて本作と真摯に向き合ってくださり、ありがとうございました。今後ともよろしくお願いいたします。

次いで、イラストレーターのNardack（ナルダク）様。今巻もイラストを担当していただき、誠にありがとうございます。カバーイラストの静音、めちゃくちゃ可愛（かわい）かったです。

続いて、この本の刊行に携わってくださった皆様。未熟な自分を各方面から支えてくださり、ありがとうございました。これからもよろしくお願いいたします。

最後に、この小説を読んでくださった皆様。無事に二巻を刊行できたのは、応援してくださっている読者様方のおかげです。ありがとうございました。

またこうしてお会いできる事を、心より願っています。

花宮拓夜

メンヘラが愛妻(あいさい)エプロンに着替(きが)えたら2

著　花宮拓夜(はなみやたくや)

角川スニーカー文庫　23642

2023年5月1日　初版発行

発行者　山下直久

発　行　株式会社KADOKAWA
〒102-8177 東京都千代田区富士見2-13-3
電話　0570-002-301（ナビダイヤル）

印刷所　株式会社暁印刷
製本所　本間製本株式会社

Printed in Japan　ISBN 978-4-04-113643-0　C0193

★ご意見、ご感想をお送りください★
〒102-8177 東京都千代田区富士見 2-13-3
株式会社KADOKAWA　角川スニーカー文庫編集部気付
「花宮拓夜」先生「Ｎａｒｄａｃｋ」先生

角川文庫発刊に際して

角 川 源 義

第二次世界大戦の敗北は、軍事力の敗北であった以上に、私たちの若い文化力の敗退であった。私たちの文化が戦争に対して如何に無力であり、単なるあだ花に過ぎなかったかを、私たちは身を以て体験し痛感した。西洋近代文化の摂取にとって、明治以後八十年の歳月は決して短かすぎたとは言えない。にもかかわらず、近代文化の伝統を確立し、自由な批判と柔軟な良識に富む文化層として自らを形成することに私たちは失敗して来た。そしてこれは、各層への文化の普及滲透を任務とする出版人の責任でもあった。

一九四五年以来、私たちは再び振出しに戻り、第一歩から踏み出すことを余儀なくされた。これは大きな不幸ではあるが、反面、これまでの混沌・未熟・歪曲の中にあった我が国の文化に秩序と確たる基礎を齎らすためには絶好の機会でもある。角川書店は、このような祖国の文化的危機にあたり、微力をも顧みず再建の礎石たるべき抱負と決意とをもって出発したが、ここに創立以来の念願を果すべく角川文庫を発刊する。これまで刊行されたあらゆる全集叢書文庫類の長所と短所とを検討し、古今東西の不朽の典籍を、良心的編集のもとに、廉価に、そして書架にふさわしい美本として、多くのひとびとに提供しようとする。しかし私たちは徒らに百科全書的な知識のジレッタントを作ることを目的とせず、あくまで祖国の文化に秩序と再建への道を示し、この文庫を角川書店の栄ある事業として、今後永久に継続発展せしめ、学芸と教養との殿堂として大成せんことを期したい。多くの読書子の愛情ある忠言と支持とによって、この希望と抱負とを完遂せしめられんことを願う。

一九四九年五月三日